Saudara Mesum

Saudara Mesum

Aldivan Torres

aldivan teixeira torres

CONTENTS

1. Saudara Mesum ... 1

Saudara Mesum

Aldivan Torres

Saudara Mesum

Penulis: *Aldivan Torres*
2020- Aldivan Torres
Seluruh hak cipta dilindungi undang-undang

Buku ini, termasuk semua bagiannya, memiliki hak cipta, dan tidak dapat direproduksi tanpa izin dari penulis, dijual kembali, atau ditransfer.

Aldivan Torres, Peramal, adalah seorang seniman sastra. Janji dengan tulisan-tulisannya untuk menyenangkan publik dan membawanya ke kesenangan. Seks adalah salah satu hal terbaik yang ada.

Dedikasi dan terima kasih

Saya mendedikasikan seri erotis ini untuk semua pecinta seks dan orang mesum seperti saya. Saya berharap dapat memenuhi harapan semua pikiran gila. Saya memulai pekerjaan ini di sini dengan keyakinan bahwa Amelinha, Belinha dan teman-teman mereka akan membuat sejarah. Tanpa basa-basi lagi, pelukan hangat untuk pembaca saya.

Mahir membaca dan sangat menyenangkan.

Dengan kasih sayang,
penulis.

Presentasi

Amelinha dan Belinha adalah dua saudara perempuan yang lahir dan besar di pedalaman Pernambuco. Anak-anak perempuan dari ayah petani tahu sejak awal bagaimana menghadapi kesulitan sengit kehidupan pedesaan dengan senyum di wajah mereka. Dengan ini, mereka mencapai penaklukan pribadi mereka. Yang pertama adalah auditor keuangan publik dan yang lainnya, kurang cerdas, adalah guru pendidikan dasar kota di Arcoverde.

Meskipun mereka bahagia secara profesional, keduanya memiliki masalah kronis yang serius mengenai hubungan karena tidak pernah menemukan pangeran mereka menawan, yang merupakan impian setiap wanita. Yang tertua, Belinha, datang untuk tinggal bersama seorang pria untuk sementara waktu. Namun, itu dikhianati apa yang dihasilkan dalam hati kecilnya trauma yang tidak dapat diperbaiki. Dia terpaksa berpisah dan berjanji pada dirinya sendiri untuk tidak pernah menderita lagi karena seorang pria. Amelinha, hal yang disayangkan, dia bahkan tidak bisa membuat kita bertunangan. Siapa yang ingin menikahi Amelinha? Dia adalah orang berambut coklat nakal, kurus, tinggi sedang, mata berwarna madu, pantat sedang, payudara seperti semangka, dada didefinisikan di luar senyum menawan. Tidak ada yang tahu apa masalah sebenarnya, atau keduanya.

Sehubungan dengan hubungan antarpribadi mereka, mereka dekat dengan berbagi rahasia di antara mereka. Karena Belinha dikhianati oleh, Amelinha bersusah payah adiknya dan mulai bermain dengan laki-laki. Keduanya menjadi pasangan dinamis yang dikenal sebagai "Adik-adik sesat". Meskipun demikian, pria suka menjadi mainan mereka. Ini karena tidak ada yang lebih baik daripada mencintai Belinha dan Amelinha bahkan untuk sesaat. Haruskah kita mengenal kisah mereka bersama?

Saudara Mesum

Saudara Mesum

Dedikasi dan terima kasih

Presentasi

Pria kulit hitam itu

Api

Konsultasi medis

Les Privat

Tes kompetisi

Kembalinya guru
Badut manik
Tur di kota Pesqueira

Pria kulit hitam itu

Amelinha dan Belinha serta para profesional dan kekasih yang hebat, adalah wanita cantik dan kaya yang terintegrasi ke dalam jejaring sosial. Selain seks itu sendiri, mereka juga berusaha untuk berteman.

Suatu kali, seorang pria memasuki obrolan virtual. Julukannya adalah " Pria kulit hitam ". Pada saat ini, dia segera gemetar karena dia mencintai pria kulit hitam. Legenda mengatakan bahwa mereka memiliki pesona yang tak terbantahkan.

"Halo, cantik! "Anda memanggil pria kulit hitam yang diberkati.

"Halo, baiklah? "Jawab Belinha yang menarik.

"Semua bagus. Selamat malam!

"Selamat malam. Saya suka orang kulit hitam!

"Ini sangat menyentuh saya sekarang! Tetapi apakah ada alasan khusus untuk ini? Siapa namamu?

"Ya, alasannya adalah adikku dan aku suka laki-laki, jika kamu tahu maksudku. Sejauh namanya, meskipun ini adalah lingkungan yang sangat pribadi, saya tidak menyembunyikan apa pun. Nama saya Belinha. Senang bertemu dengan Anda.

"Kesenangan adalah milikku. Nama saya Flavius, dan saya benar-benar baik!

"Saya merasakan ketegasan dalam kata-katanya. Maksudmu intuisiku benar?

"Saya tidak bisa menjawabnya sekarang karena itu akan mengakhiri seluruh misteri. Siapa nama kakakmu?

"Namanya Amelinha.

"Amelinha! Nama yang indah! Bisakah Anda menggambarkan diri Anda secara fisik?

"Saya pirang, tinggi, kuat, rambut panjang, pantat besar, payudara sedang, dan saya memiliki tubuh pahatan. Dan Anda?

"Warna hitam, tinggi satu meter delapan puluh sentimeter, kuat, tutul, lengan dan kaki tebal, rapi, rambut hangus dan wajah tegas.

"Aduh! Aduh! Anda menghidupkan saya!

"Jangan khawatir tentang itu. Siapa yang mengenal saya, tidak pernah lupa?

"Kamu ingin membuatku gila sekarang?

"Maaf tentang itu, sayang! Itu hanya untuk menambahkan sedikit pesona pada percakapan kita.

"Berapa umurmu?

"Dua puluh lima tahun dan milikmu?

"Saya berusia tiga puluh delapan tahun dan saudara perempuan saya tiga puluh empat. Terlepas dari perbedaan usia, kami sangat dekat. Di masa kecil, kami bersatu untuk mengatasi kesulitan. Ketika kami masih remaja, kami berbagi impian kami. Dan sekarang, di masa dewasa, kita berbagi prestasi dan frustrasi kita. Aku tidak bisa hidup tanpanya.

"Bagus! Perasaanmu ini sangat indah. Saya mendapatkan dorongan untuk bertemu dengan Anda berdua. Apakah dia nakal sepertimu?

"Dengan cara yang efektif, dia yang terbaik dalam apa yang

dia lakukan. Sangat cerdas, cantik, dan sopan. Keuntungan saya adalah saya lebih pintar.

"Tapi saya tidak melihat masalah dalam hal ini. Saya suka keduanya.

"Apakah kamu benar-benar menyukainya? Anda tahu, Amelinha adalah wanita istimewa. Bukan karena dia saudara perempuanku, tapi karena dia memiliki hati yang besar. Saya merasa sedikit kasihan padanya karena dia tidak pernah mendapatkan pengantin pria. Saya tahu mimpinya adalah menikah. Dia bergabung dengan saya dalam pemberontakan karena saya dikhianati oleh teman saya. Sejak itu, kami hanya mencari hubungan yang cepat.

"Saya benar-benar mengerti. Saya juga cabul. Namun, saya tidak punya alasan khusus. Saya hanya ingin menikmati masa muda saya. Anda tampak seperti orang-orang hebat.

"Terima kasih banyak. Apakah Anda benar-benar dari Arcoverde?

"Ya, saya dari pusat kota. Dan Anda?

"Dari lingkungan Suci Christopher.

"Bagus. Apakah Anda tinggal sendiri?

"Iya. Dekat stasiun bus.

"Bisakah kamu mendapat kunjungan dari seorang pria hari ini?

"Kami ingin sekali. Tetapi Anda harus mengelola keduanya. Oke?

"Jangan khawatir, sayang. Saya bisa mengatur hingga tiga.

"Ah iya! Benar!

"Saya akan segera ke sana. Bisakah Anda menjelaskan lokasinya?

"Iya. Ini akan menjadi kesenangan saya.

"Saya tahu di mana itu. Saya datang ke sana!

Pria kulit hitam itu meninggalkan ruangan dan Belinha juga. Dia memanfaatkannya dan pindah ke dapur tempat dia bertemu saudara perempuannya. Amelinha sedang mencuci piring kotor untuk makan malam.

"Selamat malam untukmu, Amelinha. Anda tidak akan percaya. Tebak siapa yang datang.

"Aku tidak tahu, saudari. Siapa?

"Flavius. Saya bertemu dengannya di ruang obrolan virtual. Dia akan menjadi hiburan kita hari ini.

"Seperti apa tampangnya?

"Itu adalah Pria Kulit Hitam. Apakah Anda pernah berhenti dan berpikir bahwa itu mungkin menyenangkan? Orang miskin tidak tahu apa yang kita mampu!

"Ini benar-benar kakak! Mari kita habisi dia.

"Dia akan jatuh, bersamaku! "Kata Belinha.

"Tidak! Itu akan bersamaku," jawab Amelinha.

"Satu hal yang pasti: Dengan salah satu dari kita dia akan jatuh," Belinha menyimpulkan.

"Itu benar! Bagaimana kalau kita menyiapkan semuanya di kamar tidur?

"Ide bagus. Saya akan membantu Anda!

Kedua boneka yang tak pernah puas pergi ke kamar, meninggalkan semuanya terorganisir untuk kedatangan laki-laki. Begitu mereka selesai, mereka mendengar bel berbunyi.

"Apakah itu dia, saudari? Tanya Amelinha.

"Mari kita periksa bersama! (Belinha)

"Ayo! Amelinha setuju.

Selangkah demi selangkah, kedua wanita itu melewati pintu kamar tidur, melewati ruang makan, dan kemudian tiba di ruang tamu. Mereka berjalan ke pintu. Ketika mereka membukanya, mereka menemukan senyum Flavius yang menawan dan jantan.

"Selamat malam! Baiklah? Akulah Flavius.

"Selamat malam. Terima kasih kembali. Saya Belinha yang sedang berbicara dengan Anda di komputer dan gadis manis di sebelah saya ini adalah saudara perempuan saya.

"Senang bertemu denganmu, Flavius! "Kata Amelinha.

"Senang bertemu denganmu. Bisakah saya masuk?

"'Tentu! "Kedua wanita itu menjawab pada saat bersamaan.

Kuda jantan memiliki akses ke ruangan dengan mengamati setiap detail dekorasi. Apa yang terjadi dalam pikiran mendidih itu? Dia sangat tersentuh oleh masing-masing spesimen wanita itu. Setelah beberapa saat, dia menatap dalam-dalam ke mata kedua pelacur itu berkata:

"Apakah Anda siap untuk apa yang saya datang untuk lakukan?

"Siap" tegas para kekasih!

Ketiganya berhenti keras dan berjalan jauh ke ruangan yang lebih besar di rumah. Dengan menutup pintu, mereka yakin surga akan masuk neraka dalam hitungan detik. Semuanya sempurna: Pengaturan handuk, mainan seks, film porno yang diputar di televisi langit-langit dan musik romantis yang hidup. Tidak ada yang bisa menghilangkan kesenangan malam yang menyenangkan.

Langkah pertama adalah duduk di samping tempat tidur. Pria kulit hitam itu mulai melepas pakaiannya dari kedua wanita itu. Nafsu dan kehausan mereka akan seks begitu besar sehingga mereka menyebabkan sedikit kecemasan pada wanita-wanita manis itu. Dia melepas bajunya yang menunjukkan dada dan perut yang bekerja dengan baik oleh latihan sehari-hari di ruang olahraga. Rambut rata-rata Anda di seluruh wilayah ini telah menarik desahan dari para gadis. Setelah itu, dia melepas celananya yang memungkinkan tampilan pakaian dalam kotaknya sehingga menunjukkan volume dan maskulinitasnya. Pada saat ini, dia mengizinkan mereka menyentuh organ, membuatnya lebih tegak. Tanpa rahasia, dia membuang celana dalamnya untuk menunjukkan semua yang Tuhan berikan kepadanya.

Panjangnya dua puluh dua sentimeter, diameter empat belas sentimeter cukup untuk membuat mereka gila. Tanpa membuang waktu, mereka jatuh padanya. Mereka mulai dengan pendahuluan. Sementara satu menelan penisnya di mulutnya, yang lain menjilat kantong skrotum. Dalam operasi ini, sudah tiga menit. Cukup lama untuk benar-benar siap untuk berhubungan seks.

Kemudian dia mulai penetrasi ke satu dan kemudian ke yang lain tanpa preferensi. Kecepatan pesawat ulang-alik yang sering menyebabkan erangan, jeritan, dan beberapa orgasme setelah tindakan itu. Itu adalah tiga puluh menit seks vaginal. Masing-masing separuh waktu. Kemudian mereka menyimpulkan dengan seks oral dan anal.

Api

Itu adalah malam yang dingin, gelap dan hujan di ibukota

semua dusun Pernambuco. Ada saat-saat ketika angin depan mencapai seratus kilometer per jam menakuti saudara perempuan malang Amelinha dan Belinha. Kedua saudara perempuan mesum itu bertemu di ruang tamu tempat tinggal sederhana mereka di lingkungan Suci Christopher. Tanpa melakukan apa-apa, mereka berbicara dengan gembira tentang hal-hal umum.

"Amelinha, bagaimana harimu di kantor pertanian?

"Hal lama yang sama: Saya mengatur perencanaan pajak administrasi pajak dan bea cukai, mengelola pembayaran pajak, bekerja dalam pencegahan dan memerangi penggelapan pajak. Ini menuntut pekerjaan dan membosankan. Tapi bermanfaat dan dibayar dengan baik. Dan Anda? Bagaimana rutinitas Anda di sekolah? Tanya Amelinha.

"Di kelas, saya melewati konten membimbing siswa dengan cara terbaik. Saya memperbaiki kesalahan dan mengambil dua ponsel siswa yang mengganggu kelas. Saya juga memberikan kelas dalam perilaku, postur, dinamika, dan saran yang berguna. Bagaimanapun, selain menjadi guru, saya adalah ibu mereka. Buktinya adalah bahwa, saat istirahat, saya menyusup ke kelas siswa dan, bersama mereka, kami bermain. Dalam pandangan saya, sekolah adalah rumah kedua kami, dan kami harus menjaga persahabatan dan koneksi manusia yang kami miliki darinya," jawab Belinha.

"Brilian, adik perempuanku. Karya-karya kami sangat bagus karena memberikan konstruksi emosional dan interaksi yang penting di antara orang-orang. Tidak ada manusia yang bisa hidup terisolasi, apalagi tanpa sumber daya psikologis dan finansial," analisis Amelinha.

"Saya setuju. Pekerjaan sangat penting bagi kami karena membuat kami independen dari kerajaan berhubungan dengan seks yang berlaku di masyarakat kami," kata Belinha.

"Tepat. Kami akan melanjutkan nilai-nilai dan sikap kami. Manusia hanya baik di tempat tidur," Amelinha mengamati.

"Berbicara tentang laki-laki, apa pendapatmu tentang Christian? "Belinha bertanya.

"Dia memenuhi harapan saya. Setelah pengalaman seperti itu, naluri dan pikiran saya selalu meminta lebih banyak ketidakpuasan internal. Bagaimana pendapat Anda? Tanya Amelinha.

"Itu bagus, tapi aku juga merasa sepertimu: tidak lengkap. Saya kering cinta dan seks. Saya ingin semakin. Apa yang kita miliki untuk hari ini? "Kata Belinha.

"Saya kehabisan ide. Malam itu dingin, gelap, dan gelap. Apakah Anda mendengar suara berisik di luar? Ada banyak hujan, angin kencang, kilat, dan guntur. Saya takut! Ujar Amelinha.

"Saya juga! "Belinha mengaku.

Pada saat ini, petir menggelegar terdengar di seluruh Arcoverde. Amelinha melompat di pangkuan Belinha yang menjerit kesakitan dan putus asa. Pada saat yang sama, listrik kurang, membuat mereka berdua putus asa.

"Bagaimana sekarang? Apa yang akan kita lakukan Belinha? Tanya Amelinha.

"Lepaskan aku, jalang! Saya akan mendapatkan lilin! Belinha dengan lembut mendorong adiknya ke sisi sofa saat dia meraba-raba dinding untuk sampai ke dapur. Karena rumahnya kecil, tidak butuh waktu lama untuk menyelesaikan operasi ini. Dengan menggunakan kebijaksanaan, ia mengambil lilin di lemari dan menyalakannya dengan korek api yang ditempatkan secara strategis di atas kompor.

Dengan menyalakan lilin, dia dengan tenang kembali ke ruangan tempat dia bertemu saudara perempuannya dengan senyum misterius terbuka lebar di wajahnya. Apa yang dia lakukan?

"Kamu bisa curhat, kakak! Aku tahu kamu sedang memikirkan sesuatu," kata Belinha.

"Bagaimana jika kita menelepon pemadam kebakaran kota memperingatkan kebakaran? Kata Amelinha.

"Biarkan aku meluruskan ini. Apakah Anda ingin menciptakan api fiksi untuk memikat orang-orang ini? Bagaimana jika kita ditangkap? "Belinha takut.

"Rekan saya! Saya yakin mereka akan menyukai kejutan itu. Apa yang lebih baik yang harus mereka lakukan di malam yang gelap dan membosankan seperti ini? Ujar Amelinha.

"Anda benar. Mereka akan berterima kasih atas kesenangannya. Kita akan memecahkan api yang membakar kita dari dalam. Sekarang, pertanyaannya muncul: Siapa yang akan memiliki keberanian untuk memanggil mereka? Tanya Belinha.

"Saya sangat pemalu. Saya serahkan tugas ini kepada Anda, saudara perempuan saya" kata Amelinha.

"Selalu saya. Oke. Apa pun yang terjadi Amelinha. " Belinha menyimpulkan.

Bangun dari sofa, Belinha pergi ke meja di sudut tempat ponsel dipasang. Dia menelepon nomor darurat pemadam kebakaran dan sedang menunggu untuk dijawab. Setelah beberapa sentuhan, dia mendengar suara yang dalam dan tegas berbicara dari sisi lain.

"Selamat malam. Ini pemadam kebakaran. Apa maumu?

"Nama saya Belinha. Saya tinggal di lingkungan Suci Christopher di sini di Arcoverde. Adikku dan aku putus asa dengan semua hujan ini. Ketika listrik padam di sini di rumah kami, menyebabkan korsleting, mulai membakar benda-benda. Untungnya, saya dan saudara perempuan saya keluar. Api perlahan melahap rumah. Kami membutuhkan bantuan petugas pemadam kebakaran," kata gadis itu tertekan.

"Tenang saja, temanku. Kami akan segera ke sana. Dapatkah Anda memberikan informasi rinci tentang lokasi Anda? "Tanya petugas pemadam kebakaran yang bertugas.

"Rumah saya persis di Jalan Tengah, rumah ketiga di sebelah kanan. Apakah itu baik-baik saja denganmu?

"Saya tahu di mana itu. Kami akan tiba di sana dalam beberapa menit. Tenang," kata petugas pemadam kebakaran.

"Kami menunggu. Terima kasih! "Terima kasih Belinha.

Kembali ke sofa dengan seringai lebar, mereka berdua melepaskan bantal mereka dan mendengus dengan kesenangan yang mereka lakukan. Namun, ini tidak disarankan untuk dilakukan kecuali mereka adalah dua pelacur seperti mereka.

Sekitar sepuluh menit kemudian, mereka mendengar ketukan di pintu dan pergi untuk menjawabnya. Ketika mereka membuka pintu, mereka menghadapi tiga wajah ajaib, masing-masing dengan keindahan khasnya. Yang satu berwarna hitam, tinggi enam kaki, kaki dan lengan sedang. Yang lain gelap, setinggi satu meter sembilan puluh, berotot, dan pahatan. Yang ketiga berkulit putih, pendek, kurus, tetapi sangat disukai. Bocah kulit putih itu ingin memperkenalkan dirinya:

"Hai, nona-nona, selamat malam! Nama saya Roberto. Pria sebelah ini bernama Matthew dan pria coklat, Philip. Siapa namamu dan di mana apinya?

"Saya Belinha, saya berbicara dengan Anda di telepon. Orang berambut coklat di sini adalah adikku Amelinha. Masuk dan saya akan menjelaskannya kepada Anda.

"Oke. Mereka mengambil tiga petugas pemadam kebakaran pada saat bersamaan.

Kuintet memasuki rumah, dan semuanya tampak normal karena listrik telah kembali. Mereka duduk di sofa di ruang tamu bersama dengan gadis-gadis. Curiga, mereka membuat percakapan.

"Api sudah berakhir, kan? Matthew bertanya.

"Iya. Kami sudah mengendalikannya berkat upaya heroik," jelas Amelinha.

"Kasihan! Saya sudah lama ingin bekerja. Di sana di barak rutinitasnya begitu monoton," kata Felipe.

"Saya punya ide. Bagaimana kalau bekerja dengan cara yang lebih menyenangkan? "Belinha menyarankan.

"Maksudmu kamu seperti yang aku pikirkan? "Pertanyaan Felipe.

"Iya. Kami adalah wanita lajang yang mencintai kesenangan. Ingin bersenang-senang? Tanya Belinha.

"Hanya jika Anda pergi sekarang," jawab pria kulit hitam.

"Aku juga ikut," tegas Manusia Coklat.

"Tunggu aku" Anak laki-laki kulit putih tersedia.

"Jadi, ayo," kata gadis-gadis itu.

Kuintet memasuki kamar berbagi tempat tidur ganda. Kemudian mulailah pesta seks. Belinha dan Amelinha bergantian menghadiri kesenangan ketiga petugas pemadam kebakaran. Semuanya tampak ajaib dan tidak ada perasaan yang lebih baik daripada bersama mereka. Dengan beragam hadiah, mereka mengalami variasi seksual dan posisi yang menciptakan gambaran yang sempurna.

Gadis-gadis itu tampak tak pernah puas dalam semangat seksual mereka yang membuat para profesional itu gila. Mereka pergi melalui malam berhubungan seks dan kesenangan tampaknya tidak pernah berakhir. Mereka tidak pergi sampai mereka mendapat telepon mendesak dari tempat kerja. Mereka berhenti dan pergi untuk menjawab laporan polisi. Meski begitu, mereka tidak akan pernah melupakan pengalaman indah itu bersama " Adik-adik sesat ".

Konsultasi medis

Itu menyingsing di ibukota pedalaman yang indah. Biasanya, dua saudara perempuan mesum itu bangun pagi-pagi. Namun, ketika mereka bangun, mereka merasa tidak enak badan. Sementara Amelinha terus bersin, adiknya Belinha merasa sedikit tercekik. Fakta-fakta ini datang dari malam sebelumnya di lapangan virginia perang di mana mereka minum, mencium mulut, dan mendengus harmonis di malam yang tenang.

Karena mereka merasa tidak enak badan dan tanpa kekuatan untuk apa pun, mereka duduk di sofa dengan religius memikirkan apa yang harus dilakukan karena komitmen profesional sedang menunggu untuk diselesaikan.

"Apa yang harus kita lakukan, saudari? Saya benar-benar kehabisan napas dan kelelahan," kata Belinha.

"Ceritakan padaku tentang itu! Saya sakit kepala dan saya mulai terkena virus. Kita tersesat! Ujar Amelinha.

"Tapi saya tidak berpikir itu alasan untuk bolos kerja! Orang-orang bergantung pada kami! "Kata Belinha

"Tenang, jangan panik! Bagaimana kalau kita bergabung dengan Bagus? "Saran Amelinha.

"Jangan bilang kamu memikirkan apa yang aku pikirkan …. "Belinha kagum.

"Itu benar. Mari kita pergi ke dokter bersama! Ini akan menjadi alasan yang bagus untuk kehilangan pekerjaan dan siapa tahu tidak terjadi apa yang kita inginkan! Kata Amelinha

"Ide bagus! Jadi, tunggu apalagi? Ayo bersiap-siap! Tanya Belinha.

"Ayo! "Amelinha setuju.

Keduanya pergi ke kandang masing-masing. Mereka sangat bersemangat dengan keputusan itu; Mereka bahkan tidak terlihat sakit. Apakah itu semua hanya penemuan mereka? Maafkan saya, pembaca, janganlah kita berpikir buruk tentang teman-teman terkasih kita. Sebaliknya, kami akan menemani mereka dalam babak baru yang menarik dalam hidup mereka.

Di kamar tidur, mereka mandi di ruang mereka, mengenakan pakaian dan sepatu baru, menyisir rambut panjang mereka, memakai parfum Prancis, dan kemudian pergi ke dapur. Di sana, mereka menghancurkan telur dan keju mengisi

SAUDARA MESUM

dua potong roti dan makan dengan jus dingin. Semuanya luar biasa lezat. Meski begitu, mereka sepertinya tidak merasakannya karena kecemasan dan kegugupan di depan janji dokter sangat besar.

Dengan semuanya siap, mereka meninggalkan dapur untuk keluar rumah. Dengan setiap langkah yang mereka ambil, hati kecil mereka berdenyut dengan pemikiran emosi dalam pengalaman yang sama sekali baru. Terpujilah mereka semua! Optimisme menguasai mereka dan merupakan sesuatu yang harus diikuti oleh orang lain!

Di luar rumah, mereka pergi ke garasi. Membuka pintu dalam dua upaya, mereka berdiri di depan mobil merah sederhana. Meskipun selera mereka bagus di mobil, mereka lebih suka yang populer daripada klasik karena takut akan kekerasan umum yang ada di semua wilayah Brasil.

Tanpa penundaan, gadis-gadis memasuki mobil memberikan jalan keluar dengan lembut dan kemudian salah satu dari mereka menutup garasi kembali ke mobil segera setelah itu. Siapa yang mengemudi, apakah Amelinha dengan pengalaman sudah sepuluh tahun? Belinha belum diizinkan mengemudi.

Rute yang terasa pendek antara rumah mereka dan rumah sakit dilakukan dengan aman, harmonis, dan tenang. Pada saat itu, mereka memiliki perasaan salah bahwa mereka bisa melakukan apa saja. Sebaliknya, mereka takut akan kelicikan dan kebebasannya. Mereka sendiri terkejut dengan tindakan yang diambil. Bukan karena sesuatu yang kurang bahwa mereka disebut bajingan baik jalang!

Sesampainya di rumah sakit, mereka menjadwalkan janji

temu dan menunggu untuk dipanggil. Dalam interval waktu ini, mereka memanfaatkan membuat camilan dan bertukar pesan melalui aplikasi seluler dengan pelayan seksual tersayang mereka. Lebih sinis dan ceria dari ini, itu tidak mungkin!

Setelah beberapa saat, giliran mereka untuk dilihat. Tak terpisahkan, mereka memasuki kantor perawatan. Ketika ini terjadi, dokter hampir mengalami serangan jantung. Di depan mereka ada seorang pria langka: Orang berambut pirang tinggi, tinggi satu meter sembilan puluh sentimeter, berjanggut, rambut membentuk kunci kuda, lengan dan payudara berotot, wajah alami dengan tampilan malaikat. Bahkan sebelum mereka dapat menyusun reaksi, dia mengundang:

"Duduklah, kalian berdua!

"Terima kasih! "Mereka mengatakan keduanya.

Keduanya punya waktu untuk membuat analisis cepat tentang lingkungan: Di depan meja layanan, dokter, kursi tempat dia duduk dan di belakang lemari. Di sisi kanan, tempat tidur. Di dinding, lukisan ekspresionisme oleh penulis Cândido Portinari menggambarkan pria dari pedesaan. Suasananya sangat nyaman, membuat para gadis merasa nyaman. Suasana relaksasi dipatahkan oleh aspek formal konsultasi.

"Katakan padaku apa yang kamu rasakan, gadis-gadis!

Itu terdengar informal bagi para gadis. Betapa manisnya pria pirang itu! Pasti enak untuk dimakan.

"Sakit kepala, gangguan dan virus! "Memberitahu Amelinha.

"Saya terengah-engah dan lelah! "Klaim Belinha.

"Tidak masalah! Coba saya lihat! Berbaringlah di tempat tidur! "Tanya Dokter.

Para pelacur hampir tidak bernapas atas permintaan ini. Profesional membuat mereka melepas sebagian pakaian mereka dan merasakannya di berbagai bagian yang menyebabkan kedinginan dan keringat dingin. Menyadari bahwa tidak ada yang serius dengan mereka, petugas itu bercanda:

"Semuanya terlihat sempurna! Apa yang Anda ingin mereka takuti? Suntikan di pantat?

"Aku menyukainya! Jika itu adalah suntikan yang besar dan tebal bahkan lebih baik! "Kata Belinha.

"Maukah kamu melamar perlahan, sayang? Ujar Amelinha.

"Kamu sudah meminta terlalu banyak! "Mencatat dokter.

Dengan hati-hati menutup pintu, dia jatuh pada gadis-gadis itu seperti binatang buas. Pertama, dia mengambil sisa pakaian dari tubuh. Ini semakin mempertajam libidonya. Dengan benar-benar telanjang, dia mengagumi sejenak makhluk-makhluk pahatan itu. Kemudian gilirannya untuk pamer. Dia memastikan mereka menanggalkan pakaian mereka. Hal ini meningkatkan interaksi dan keintiman antara kelompok.

Dengan segala sesuatu siap, mereka memulai pendahuluan seks. Menggunakan lidah di bagian sensitif seperti anus, pantat, dan telinga si pirang menyebabkan orgasme kesenangan mini pada kedua wanita. Semuanya berjalan baik-baik saja bahkan ketika seseorang terus mengetuk pintu. Tidak ada jalan keluar, dia harus menjawab. Dia berjalan sedikit dan membuka pintu. Dengan melakukan itu, ia menemukan perawat panggilan: orang dua ras ramping, dengan kaki kurus dan sangat rendah.

"Dokter, saya punya pertanyaan tentang obat pasien:

apakah lima atau tiga ratus miligram aspirin? "Tanya Roberto sambil menunjukkan resep.

"Lima ratus! "Dikonfirmasi Alex.

Pada saat ini, perawat melihat kaki gadis-gadis telanjang yang berusaha bersembunyi. Tertawa di dalam.

"Bercanda sedikit, ya, Dok? Jangan pernah menelepon teman Anda!

"Permisi! Apakah Anda ingin bergabung dengan geng?

"Saya ingin sekali!

"Kalau begitu datang!

Keduanya memasuki ruangan, menutup pintu di belakang mereka. Lebih dari cepat, orang dua ras melepas pakaiannya. Telanjang, dia menunjukkan tiangnya yang panjang, tebal, dan berurat sebagai piala. Belinha senang dan segera memberinya seks oral. Alex juga menuntut agar Amelinha melakukan hal yang sama dengannya. Setelah oral, mereka mulai anal. Di bagian ini, Belinha merasa sangat sulit untuk berpegangan pada ayam monster perawat. Tapi begitu memasuki lubang, kesenangan mereka sangat besar. Di sisi lain, mereka tidak merasa kesulitan karena penis mereka normal.

Kemudian mereka melakukan hubungan seks vaginal di berbagai posisi. Gerakan bolak-balik di rongga menyebabkan halusinasi di dalamnya. Setelah tahap ini, keempatnya bersatu dalam kelompok seks. Itu adalah pengalaman terbaik di mana energi yang tersisa dihabiskan. Lima belas menit kemudian, keduanya terjual habis. Bagi para suster, seks tidak akan pernah berakhir, tetapi sebaik mereka dihormati kelemahan orang-orang itu. Tidak ingin mengganggu pekerjaan mereka, mereka berhenti mengambil sertifikat pembenaran pekerjaan dan telepon pribadi mereka. Mereka pergi sepenuhnya tenang tanpa membangkitkan perhatian siapa pun selama penyeberangan rumah sakit.

Sesampainya di tempat parkir, mereka memasuki mobil dan memulai perjalanan kembali. Bahagia seperti mereka, mereka sudah memikirkan kerusakan seksual mereka berikutnya. Para suster mesum benar-benar sesuatu!

Les Privat

Itu adalah sore seperti yang lain. Pendatang baru dari tempat kerja, para suster mesum sibuk dengan pekerjaan rumah tangga. Setelah menyelesaikan semua tugas, mereka berkumpul di kamar untuk beristirahat sebentar. Sementara Amelinha membaca buku, Belinha menggunakan internet seluler untuk menjelajahi situs web favoritnya.

Pada titik tertentu, yang kedua berteriak keras di ruangan itu, yang membuat adiknya takut.

"Ada apa, gadis? Apa kamu gila? Tanya Amelinha.

"Saya baru saja mengakses situs web kontes, memiliki kejutan yang patut disyukuri," kata Belinha.

"Ceritakan lebih banyak!

"Pendaftaran pengadilan regional federal terbuka. Mari kita lakukan?

"Panggilan yang bagus, adikku! Berapa gajinya?

"Lebih dari sepuluh ribu dolar awal.

"Sangat bagus! Pekerjaan saya lebih baik. Namun, saya akan membuat kontes karena saya sedang mempersiapkan diri untuk mencari acara lain. Ini akan berfungsi sebagai percobaan.

"Kamu melakukannya dengan sangat baik! Anda mendorong saya. Sekarang, saya tidak tahu harus mulai dari mana. Bisakah Anda memberi saya nasihat?

"Beli kursus virtual, ajukan banyak pertanyaan di situs tes, lakukan dan ulangi tes sebelumnya, tulis ringkasan, tonton kiat, dan unduh materi bagus di internet.

"Terima kasih! Saya akan menerima semua saran ini! Tapi aku butuh sesuatu yang lebih. Dengar, saudari, karena kita punya uang, bagaimana kalau kita membayar les privat?

"Saya tidak memikirkan itu. Itu adalah ide yang inovatif! Apakah Anda punya saran untuk orang yang kompeten?

"Saya memiliki guru yang sangat kompeten di sini dari Arcoverde di kontak telepon saya. Lihat fotonya!

Belinha memberi adiknya ponselnya. Melihat foto anak laki-laki itu, dia sangat gembira. Selain tampan, dia pintar! Ini akan menjadi korban sempurna dari pasangan yang bergabung dengan yang berguna untuk yang menyenangkan.

"Tunggu apa lagi? Dapatkan dia, saudari! Kita perlu segera belajar. "Kata Amelinha.

"Kamu mengerti! "Belinha menerimanya.

Bangun dari sofa, dia mulai memutar nomor telepon di papan nomor. Setelah panggilan dilakukan, hanya perlu beberapa saat untuk dijawab.

"Halo. Kalian semua, bukan?

"Semuanya bagus, Renato.

"Kirim pesanan.

"Saya sedang berselancar di Internet ketika saya menemukan bahwa aplikasi untuk kompetisi pengadilan regional federal terbuka. Saya langsung menamai pikiran saya sebagai guru yang terhormat. Apakah Anda ingat musim sekolah?

"Saya ingat waktu itu dengan baik. Waktu yang baik mereka yang tidak kembali!

"Benar! Apakah Anda punya waktu untuk memberi kami pelajaran privat?

"Percakapan yang luar biasa, nona muda! Untukmu, aku selalu punya waktu! Tanggal berapa yang kami tetapkan?

"Bisakah kita melakukannya besok jam 2:00? Kita harus memulai!

"Tentu saja, saya lakukan! Dengan bantuan saya, saya dengan rendah hati mengatakan bahwa peluang lulus meningkat luar biasa.

"Aku yakin akan hal itu!

"Seberapa baik! Anda dapat mengharapkan saya pada jam 2:00.

"Terima kasih banyak! Sampai jumpa besok!

"Sampai jumpa lagi!

Belinha menutup telepon dan membuat sketsa senyum untuk temannya. Mencurigai jawabannya, Amelinha bertanya:

"Bagaimana hasilnya?

"Dia menerima. Besok jam 2:00 dia akan berada di sini.

"Seberapa baik! Saraf membunuhku!

"Tenang saja, kakak! Ini akan baik-baik saja.

"Amin!

"Haruskah kita menyiapkan makan malam? Saya sudah lapar!

"Ingat dengan baik.!

Pasangan itu pergi dari ruang tamu ke dapur di mana di lingkungan yang menyenangkan berbicara, bermain, memasak di antara kegiatan lainnya. Mereka adalah figur teladan dari para suster yang mengumpulkan oleh rasa sakit dan kesepian. Fakta bahwa mereka dalam seks hanya membuat mereka lebih memenuhi syarat. Seperti yang Anda semua tahu, wanita Brasil itu memiliki darah hangat.

Segera setelah itu, mereka bersaudara di sekitar meja, memikirkan kehidupan dan perubahannya.

"Makan Krim ayam yang lezat ini, saya ingat pria kulit hitam dan petugas pemadam kebakaran! Momen yang sepertinya tidak pernah berlalu! "Kata Belinha!

"Ceritakan padaku tentang itu! Orang-orang itu enak! Belum lagi perawat dan dokter! Saya juga menyukainya! "Ingat Amelinha!

"Benar sekali, adikku! Memiliki tiang yang indah setiap orang menjadi menyenangkan! Semoga para feminisme memaafkan saya!

"Kita tidak perlu terlalu radikal ...!

Keduanya tertawa dan terus memakan makanan di atas meja. Untuk sesaat, tidak ada hal lain yang penting. Mereka sendirian di dunia dan itu memenuhi syarat mereka sebagai Dewi kecantikan dan cinta. Karena yang terpenting adalah merasa baik dan memiliki harga diri.

Percaya diri, mereka melanjutkan ritual keluarga. Pada akhir tahap ini, mereka menjelajahi internet, mendengarkan musik di stereo ruang tamu, menonton opera sabun dan, kemudian, film porno. Kesibukan ini membuat mereka terengah-engah dan lelah memaksa mereka untuk beristirahat di kamar masing-masing. Mereka dengan penuh semangat menunggu keesokan harinya.

Tidak akan lama sebelum mereka tertidur lelap. Terlepas dari mimpi buruk, malam dan fajar berlangsung dalam kisaran normal. Begitu fajar tiba, mereka bangun dan mulai mengikuti rutinitas normal: Mandi, sarapan, bekerja, kembali ke rumah, mandi, makan siang, tidur siang dan pindah ke kamar tempat mereka menunggu kunjungan yang dijadwalkan.

Ketika mereka mendengar ketukan di pintu, Belinha bangkit dan pergi untuk menjawab. Dengan melakukan itu, dia menemukan guru yang tersenyum. Ini menyebabkan kepuasan internal yang baik.

"Selamat datang kembali, temanku! Siap mengajari kami?

"Ya, sangat, sangat siap! Sekali lagi terima kasih atas kesempatan ini! Ujar Renato.

"Ayo kita masuk! Kata Belinha.

Anak laki-laki itu tidak berpikir dua kali dan menerima permintaan gadis itu. Dia menyapa Amelinha dan atas isyaratnya, duduk di sofa. Sikap pertamanya adalah melepas blus rajutan hitam karena terlalu panas. Dengan ini, dia meninggalkan pelindung dadanya yang bekerja dengan baik di ruang olahraga, keringat menetes, dan cahayanya yang berkulit gelap. Semua detail ini adalah afrodisiak alami untuk kedua "Mesum" itu.

Berpura-pura tidak ada yang terjadi, percakapan dimulai di antara mereka bertiga.

"Apakah Anda menyiapkan kelas yang bagus, profesor? Tanya Amelinha.

"Iya! Mari kita mulai dengan artikel apa? Tanya Renato.

"Engahlah... Ujar Amelinha.

"Bagaimana kalau kita bersenang-senang dulu? Setelah kamu melepas bajumu, aku basah! "Akui Belinha.

"Aku juga," kata Amelinha.

"Kalian berdua benar-benar maniak seks! Bukankah itu yang saya sukai? "Kata tuannya.

Tanpa menunggu jawaban, dia melepas celana birunya yang menunjukkan otot pahanya, kacamata hitamnya menunjukkan mata birunya dan akhirnya celana dalamnya menunjukkan kesempurnaan penis panjang, ketebalan sedang dan dengan kepala segitiga. Sudah cukup bagi pelacur kecil untuk jatuh di atas dan mulai menikmati tubuh jantan dan riang itu. Dengan bantuannya, mereka melepas pakaian mereka dan memulai pendahuluan seks.

Singkatnya, ini adalah pertemuan seksual yang luar biasa di mana mereka mengalami banyak hal baru. Itu adalah empat puluh menit seks liar dalam harmoni yang lengkap. Pada saat-saat ini, emosinya begitu besar sehingga mereka bahkan tidak memperhatikan ruang dan waktu. Oleh karena itu, mereka tidak terbatas melalui kasih Allah.

Ketika mereka mencapai ekstasi, mereka beristirahat sedikit di sofa. Mereka kemudian mempelajari disiplin ilmu yang dibebankan oleh kompetisi. Sebagai siswa, keduanya membantu, cerdas, dan disiplin, yang dicatat oleh guru. Saya yakin mereka sedang dalam perjalanan menuju persetujuan.

Tiga jam kemudian, mereka berhenti menjanjikan pertemuan studi baru. Bahagia dalam hidup, saudara perempuan mesum pergi untuk mengurus tugas mereka yang lain sudah memikirkan petualangan mereka selanjutnya. Mereka dikenal di kota sebagai " Yang Tak Terpuaskan ".

Tes kompetisi

Sudah lama. Selama sekitar dua bulan, para suster mesum mendedikasikan diri mereka untuk kontes sesuai dengan waktu yang tersedia. Setiap hari berlalu, mereka lebih siap untuk apa pun yang datang dan pergi. Pada saat yang sama, ada pertemuan seksual, dan, pada saat-saat ini, mereka dibebaskan.

Hari ujian akhirnya tiba. Berangkat lebih awal dari ibu kota pedalaman, kedua saudara perempuan itu mulai berjalan di jalan raya BR 232 dengan total rute 250 Km. Dalam perjalanan, mereka melewati titik-titik utama interior negara: Pesqueira, Taman yang indah, Suci Caetano, Caruaru, Gravatá, Betis dan kemenangan suci Antao. Masing-masing kota ini memiliki cerita untuk diceritakan dan dari pengalaman mereka, mereka menyerapnya sepenuhnya. Betapa baiknya melihat pegunungan, Hutan Atlantik, caatinga, pertanian, pertanian, desa, kota-kota kecil dan menghirup udara bersih yang berasal dari hutan. Pernambuco adalah negara yang luar biasa!

Memasuki batas kota ibukota, mereka merayakan realisasi Perjalanan yang baik. Ambil jalan utama ke perjalanan lingkungan yang baik di mana mereka akan melakukan tes. Dalam perjalanan, mereka menghadapi lalu lintas yang padat, ke tidak pedulikan dari orang asing, udara yang tercemar, dan kurangnya bimbingan. Tapi mereka akhirnya berhasil.

Mereka memasuki gedung masing-masing, mengidentifikasi diri mereka dan memulai tes yang akan berlangsung dua periode. Selama bagian pertama tes, mereka benar-benar fokus pada tantangan pertanyaan pilihan ganda. Nah, diuraikan oleh bank yang bertanggung jawab atas acara tersebut, mendorong elaborasi yang paling beragam dari keduanya. Dalam pandangan mereka, mereka baik-baik saja. Ketika mereka istirahat, mereka pergi makan siang dan jus di sebuah restoran di depan gedung. Momen-momen ini penting bagi mereka untuk menjaga kepercayaan, hubungan, dan persahabatan mereka.

Setelah itu, mereka kembali ke lokasi pengujian. Kemudian dimulailah periode kedua acara dengan isu-isu yang berhubungan dengan disiplin ilmu lain. Bahkan tanpa menjaga kecepatan yang sama, mereka masih sangat tanggap dalam tanggapan mereka. Mereka membuktikan dengan cara ini bahwa cara terbaik untuk lulus kontes adalah dengan mencurahkan banyak untuk belajar. Beberapa saat kemudian, mereka mengakhiri partisipasi percaya diri mereka. Mereka menyerahkan bukti, kembali ke mobil, bergerak menuju pantai yang terletak di dekatnya.

Dalam perjalanan, mereka bermain, menyalakan suara, mengomentari balapan dan maju di jalan-jalan Recife menyaksikan jalan-jalan ibukota yang diterangi karena hari sudah malam. Mereka mengagumi tontonan yang dilihat. Tidak heran kota ini dikenal sebagai "Ibukota daerah tropis". Matahari terbenam memberikan lingkungan tampilan yang lebih megah. Betapa menyenangkannya berada di sana pada saat itu!

Ketika mereka mencapai titik baru, mereka mendekati

tepi laut dan kemudian meluncur ke perairannya yang dingin dan tenang. Perasaan yang di provokasi adalah kegembiraan sukacita, kepuasan, kepuasan, dan kedamaian. Kehilangan jejak waktu, mereka berenang sampai mereka lelah. Setelah itu, mereka berbaring di pantai dalam cahaya bintang tanpa rasa takut atau khawatir. Sihir menguasai mereka dengan cemerlang. Satu kata yang akan digunakan dalam kasus ini adalah "Tak terukur".

Di beberapa titik, dengan pantai yang hampir sepi, ada pendekatan dua pria dari gadis-gadis itu. Mereka mencoba berdiri dan berlari dalam menghadapi bahaya. Tapi mereka dihentikan oleh lengan kuat anak laki-laki.

"Tenang saja, gadis-gadis! Kami tidak akan menyakitimu! Kami hanya meminta sedikit perhatian dan kasih sayang! "Salah satu dari mereka berbicara.

Dihadapkan dengan nada lembut, gadis-gadis itu tertawa dengan emosi. Jika mereka menginginkan seks, mengapa tidak memuaskan mereka? Mereka ahli dalam seni ini. Menanggapi harapan mereka, mereka berdiri dan membantu mereka melepas pakaian mereka. Mereka mengirimkan dua kondom dan membuat striptis. Itu sudah cukup untuk membuat kedua pria itu gila.

Jatuh ke tanah, mereka saling mencintai berpasangan dan gerakan mereka membuat lantai bergetar. Mereka membiarkan diri mereka semua variasi seksual dan keinginan keduanya. Pada titik pengiriman ini, mereka tidak peduli tentang apa pun atau siapa pun. Bagi mereka, mereka sendirian di alam semesta dalam ritual cinta yang agung tanpa prasangka. Dalam seks, mereka sepenuhnya terjalin menghasilkan kekuatan yang tidak pernah terlihat. Seperti instrumen, mereka adalah bagian dari kekuatan yang lebih besar dalam kelanjutan hidup.

Hanya kelelahan memaksa mereka untuk berhenti. Sepenuhnya puas, orang-orang itu berhenti dan pergi. Gadis-gadis memutuskan untuk kembali ke mobil. Mereka memulai perjalanan kembali ke kediaman mereka. Ya, mereka membawa serta pengalaman mereka dan mengharapkan kabar baik tentang kontes yang mereka ikuti. Mereka tentu pantas mendapatkan keberuntungan terbaik di dunia.

Tiga jam kemudian, mereka pulang dengan tenang. Mereka bersyukur kepada Tuhan atas berkat yang diberikan dengan tidur. Di hari lain, saya sedang menunggu lebih banyak emosi untuk dua maniak.

Kembalinya guru

Subuh. Matahari terbit lebih awal dengan sinarnya melewati celah-celah jendela untuk membelai wajah bayi-bayi kita tersayang. Selain itu, angin pagi yang cerah membantu menciptakan suasana hati di dalamnya. Betapa menyenangkannya memiliki kesempatan hari lain dengan berkat Bapa. Perlahan, keduanya bangun dari tempat tidur masing-masing pada saat bersamaan. Setelah mandi, pertemuan mereka berlangsung di kanopi tempat mereka menyiapkan sarapan bersama. Ini adalah momen sukacita, antisipasi, dan gangguan berbagi pengalaman pada saat-saat yang sangat fantastis.

Setelah sarapan siap, mereka berkumpul di sekitar meja dengan nyaman duduk di kursi kayu dengan sandaran untuk kolom. Saat mereka makan, mereka bertukar pengalaman intim.

Belinha

Adikku, apa itu?

Amelinha

Emosi murni! Saya masih ingat setiap detail tubuh kretin tersayang itu!

Belinha

Saya juga! Saya merasakan kesenangan yang luar biasa. Itu hampir ekstra sensori.

Amelinha

Saya tahu! Mari kita lakukan hal-hal gila ini lebih sering!

Belinha

Saya setuju!

Amelinha

Apakah Anda menyukai tes ini?

Belinha

Saya menyukainya. Saya sangat ingin memeriksa kinerja saya!

Amelinha

Saya juga!

Begitu mereka selesai makan, gadis-gadis itu mengambil ponsel mereka dengan mengakses internet seluler. Mereka menavigasi ke halaman organisasi untuk memeriksa umpan balik dari bukti. Mereka menuliskannya di atas kertas dan pergi ke kamar untuk memeriksa jawabannya.

Di dalam, mereka melompat kegirangan ketika melihat catatan yang bagus. Mereka telah lulus! Emosi yang dirasakan tidak bisa ditahan sekarang. Setelah banyak merayakan, dia memiliki ide terbaik: Undang Master Renato agar mereka dapat merayakan keberhasilan misi. Belinha kembali bertanggung jawab atas misi tersebut. Dia mengangkat telepon dan panggilannya.

Belinha

Halo?

Renato

Hai, kamu baik-baik saja? Apa kabar, Belinha yang manis?

Belinha

Baiklah! Coba tebak apa yang baru saja terjadi.

Renato

Jangan bilang padaku kamu ....

Belinha

Ya! Kami lulus kontes!

Renato

Selamat saya! Bukankah aku sudah memberitahumu?

Belinha

Saya ingin mengucapkan terima kasih banyak atas kerja sama Anda dalam segala hal. Anda mengerti saya, bukan?

Renato

Saya mengerti. Kita perlu menyiapkan sesuatu. Lebih disukai di rumah Anda.

Belinha

Itulah mengapa saya menelepon. Bisakah kita melakukannya hari ini?

Renato

Ya! Saya bisa melakukannya malam ini.

Belinha

Heran. Kami mengharapkan Anda pada jam delapan malam.

Renato

Oke. Bisakah saya membawa saudara laki-laki saya?

Belinha

Tentu saja!

Renato

Sampai bertemu lagi!

Belinha

Sampai bertemu lagi!

Koneksi berakhir. Melihat adiknya, Belinha tertawa bahagia. Penasaran, yang lain bertanya:

Amelinha

Lalu apa? dia datang?

Belinha

Baiklah! Pukul delapan malam ini kita akan bersatu kembali. Dia dan saudaranya akan datang! Pernahkah Anda berpikir tentang pesta pora?

Amelinha

Ceritakan padaku tentang itu! Saya sudah berdenyut-denyut dengan emosi!

Belinha

Biarlah ada hati! Saya harap ini berhasil!

Amelinha

"Semuanya berhasil!

Keduanya tertawa secara bersamaan mengisi lingkungan dengan getaran positif. Pada saat itu, saya tidak ragu bahwa nasib berkonspirasi untuk malam yang menyenangkan bagi pasangan maniak itu. Mereka telah mencapai begitu banyak tahapan bersama sehingga mereka tidak akan melemah sekarang. Karena itu mereka harus terus mengidolakan laki-laki sebagai permainan seksual dan kemudian membuangnya. Itu adalah ras paling sedikit yang bisa dilakukan untuk membayar penderitaan mereka. Faktanya, tidak ada wanita yang pantas menderita. Atau lebih tepatnya, setiap wanita tidak pantas mendapatkan rasa sakit.

Saatnya mulai bekerja. Meninggalkan ruangan yang sudah siap, kedua saudara perempuan itu pergi ke garasi tempat mereka pergi dengan mobil pribadi mereka. Amelinha membawa Belinha ke sekolah terlebih dahulu dan kemudian berangkat ke kantor pertanian. Di sana, dia memancarkan kegembiraan dan menceritakan berita profesional. Untuk persetujuan kompetisi, ia menerima ucapan selamat dari semua. Hal yang sama terjadi pada Belinha.

Kemudian, mereka kembali ke rumah dan bertemu lagi. Kemudian mulailah persiapan untuk menerima kolega Anda. Hari itu dijanjikan akan menjadi lebih istimewa.

Tepat pada waktu yang dijadwalkan, mereka mendengar ketukan di pintu. Belinha, yang paling pintar dari mereka, bangkit dan menjawab. Dengan langkah tegas dan aman, dia menempatkan dirinya di pintu dan membukanya perlahan. Setelah menyelesaikan operasi ini, ia memvisualisasikan sepasang saudara laki-laki. Dengan sinyal dari tuan rumah, mereka masuk dan duduk di sofa di ruang tamu.

Renato

Ini saudaraku. Namanya Ricardo.

Belinha

Senang bertemu denganmu, Ricardo.

Amelinha

Sama-sama di sini!

Ricardo

Saya berterima kasih kepada Anda berdua. Kesenangan adalah milikku!

Renato

Saya siap! Bisakah kita pergi ke kamar?

Belinha

Ayolah!

Amelinha

Siapa yang mendapatkan siapa sekarang?

Renato

Saya memilih Belinha sendiri.

Belinha

Terima kasih, Renato, terima kasih! Kita bersama!

Ricardo

Saya akan senang tinggal bersama Amelinha!

Amelinha

Anda akan gemetar!

Ricardo

Kita akan lihat!

Belinha

Kemudian biarkan pesta dimulai!

Para pria dengan lembut menempatkan para wanita di lengan, membawa mereka ke tempat tidur yang terletak di kamar tidur salah satu dari mereka. Sesampainya di tempat itu, mereka melepas pakaian mereka dan jatuh di perabotan yang indah memulai ritual cinta di beberapa posisi, bertukar belaian dan keterlibatan. Kegembiraan dan kesenangan begitu besar sehingga erangan yang dihasilkan bisa terdengar di seberang jalan membuat skandal para tetangga. Maksudku, tidak terlalu banyak, karena mereka sudah tahu tentang ketenaran mereka.

Dengan kesimpulan dari atas, para kekasih kembali ke dapur di mana mereka minum jus dengan kue. Saat mereka makan, mereka mengobrol selama dua jam, meningkatkan interaksi kelompok. Betapa baiknya berada di sana belajar tentang kehidupan dan bagaimana menjadi bahagia. Kepuasan adalah baik-baik saja dengan diri sendiri dan dengan dunia menegaskan pengalaman dan nilai-nilainya sebelum orang lain membawa kepastian tidak dapat dinilai oleh orang lain. Oleh karena itu, maksimum yang mereka yakini adalah "Masing-masing adalah orangnya sendiri".

Menjelang malam, mereka akhirnya mengucapkan selamat tinggal. Para pengunjung pergi meninggalkan " Pyrenees yang terhormat " bahkan lebih euforia ketika memikirkan situasi baru. Dunia terus berputar ke arah dua orang kepercayaan. Semoga mereka beruntung!

Badut manik

Hari Minggu datang dan bersamanya banyak berita di kota. Diantaranya, kedatangan sirkus bernama " bintang," yang terkenal di seluruh Brasil. Hanya itu yang kami bicarakan di daerah tersebut. Penasaran secara bawaan, kedua saudara perempuan itu memprogram untuk menghadiri pembukaan pertunjukan yang dijadwalkan malam ini.

Mendekati jadwal, mereka berdua sudah siap untuk pergi

keluar setelah makan malam khusus untuk perayaan orang yang belum menikah. Berpakaian untuk gala, keduanya berparade secara bersamaan, di mana mereka meninggalkan rumah dan memasuki garasi. Memasuki mobil, mereka mulai dengan salah satu dari mereka turun dan menutup garasi. Dengan kembalinya hal yang sama, perjalanan dapat dilanjutkan tanpa masalah lebih lanjut.

Meninggalkan distrik Suci Christopher, menuju distrik Pemandangan yang bagus di ujung lain kota, ibukota pedalaman dengan sekitar delapan puluh ribu penduduk. Ketika mereka berjalan di sepanjang jalan yang sepi, mereka kagum dengan arsitektur, dekorasi Natal, semangat orang-orang, gereja-gereja, gunung-gunung yang tampaknya mereka bicarakan, permainan kata-kata harum yang dipertukarkan dalam keterlibatan, suara batu keras, parfum Prancis, percakapan tentang politik, bisnis, masyarakat, pesta, budaya timur laut, dan rahasia. Bagaimanapun, mereka benar-benar santai, cemas, gugup dan juga terkonsentrasi.

Dalam perjalanan, seketika, hujan deras turun. Bertentangan dengan harapan, gadis-gadis membuka jendela kendaraan membuat tetesan kecil air melumasi wajah mereka. Gerakan ini menunjukkan kesederhanaan dan keaslian mereka, juara astral diri sejati. Ini adalah pilihan terbaik untuk orang-orang. Apa gunanya menghilangkan kegagalan, kegelisahan dan rasa sakit di masa lalu? Mereka tidak akan membawanya keamanan-mana. Itulah sebabnya mereka bahagia melalui pilihan mereka. Meskipun dunia menghakimi mereka, mereka tidak peduli karena mereka memiliki takdir mereka. Selamat ulang tahun untuk mereka!

Sekitar sepuluh menit, mereka sudah berada di tempat parkir yang menempel di sirkus. Mereka menutup mobil, berjalan beberapa meter ke halaman dalam lingkungan. Untuk datang lebih awal, mereka duduk di bangku pertama. Sementara Anda menunggu pertunjukan, mereka membeli jagung meletus, bir, menjatuhkan omong kosong dan permainan kata-kata diam. Tidak ada yang lebih baik daripada berada di sirkus!

Empat puluh menit kemudian, pertunjukan dimulai. Di antara atraksi adalah badut bercanda, akrobat, seniman rekstok gantung, manusia karet, dunia kematian, pesulap, pemain sulap, dan pertunjukan musik. Selama tiga jam, mereka menjalani saat-saat ajaib, lucu, terganggu, bermain, jatuh cinta, akhirnya, hidup. Dengan bubarnya pertunjukan, mereka memastikan untuk pergi ke ruang ganti dan menyapa salah satu badut. Dia telah menyelesaikan aksi menghibur mereka seperti itu tidak pernah terjadi.

Di atas panggung, Anda harus mendapatkan garis. Secara kebetulan, mereka adalah orang terakhir yang masuk ke ruang ganti. Di sana, mereka menemukan badut cacat, jauh dari panggung.

"Kami datang ke sini untuk memberi selamat kepada Anda atas pertunjukan hebat Anda. Ada karunia Tuhan di dalamnya! Dia memperhatikan Belinha.

"Kata-kata dan gerak tubuhmu telah mengguncang jiwaku. Saya tidak tahu, tetapi saya melihat kesedihan di mata Anda. Apakah saya benar?

"Terima kasih atas kata-katanya. Siapa namamu? Jawab badut.

"Namaku Amelinha!

"Nama saya Belinha.

"Senang bertemu denganmu. Anda bisa memanggil saya Gilberto! Saya telah melalui cukup banyak rasa sakit dalam hidup ini. Salah satunya adalah perpisahan baru-baru ini dari istri saya. Anda harus mengerti bahwa tidak mudah berpisah dari istri Anda setelah 20 tahun hidup, bukan? Terlepas dari itu, saya senang memenuhi seni saya.

"Pria malang! Maaf! (Amelinha).

"Apa yang bisa kita lakukan untuk menghiburnya? (Belinha).

"Saya tidak tahu caranya. Setelah istri saya putus, saya sangat merindukannya. (Gilberto).

"Kita bisa memperbaiki ini, bukan, saudari? (Belinha).

"Tentu. Kamu adalah pria yang tampan. (Amelinha)

"Terima kasih, gadis-gadis. Anda luar biasa. Seru Gilberto.

Tanpa menunggu lebih lama lagi, pria kulit putih, tinggi, kuat, bermata gelap itu membuka pakaian, dan para wanita mengikuti teladannya. Telanjang, ketiganya pergi ke pendahuluan di sana di lantai. Lebih dari sekadar pertukaran emosi dan sumpah serapah, seks menghibur mereka dan menghibur mereka. Pada saat-saat singkat itu, mereka merasakan bagian-bagian dari kekuatan yang lebih besar, kasih Allah. Melalui cinta, mereka mencapai ekstasi yang lebih besar yang bisa dicapai manusia.

Menyelesaikan aksinya, mereka berdandan dan mengucapkan selamat tinggal. Satu langkah lagi dan kesimpulan yang datang adalah bahwa manusia adalah serigala liar. Badut manik yang tidak akan pernah Anda lupakan. Tidak lagi, mereka meninggalkan sirkus pindah ke tempat parkir. Mereka masuk ke dalam mobil mulai perjalanan kembali. Beberapa hari berikutnya dijanjikan lebih banyak kejutan.

Fajar kedua telah datang lebih indah dari sebelumnya. Pagi-pagi sekali, teman-teman kita senang merasakan panasnya matahari dan angin sepoi-sepoi berkeliaran di wajah mereka. Kontras-kontras ini menyebabkan dalam aspek fisik yang sama perasaan kebebasan, kepuasan, kepuasan, dan sukacita yang baik. Mereka siap, untuk, menghadapi hari yang baru.

Namun, mereka memusatkan kekuatan mereka yang berpuaka pada pengangkatan mereka. Langkah selanjutnya adalah pergi ke ruang dan melakukannya dengan gelandangan eks trim seolah-olah mereka berasal dari negara bagian Bahia. Bukan untuk menyakiti tetangga kita tercinta, tentu saja. Tanah semua orang kudus adalah tempat spektakuler yang penuh dengan budaya, sejarah, dan tradisi sekuler. Hidup Bahia.

Di kamar mandi, mereka menanggalkan pakaian mereka dengan perasaan aneh bahwa mereka tidak sendirian. Siapa yang pernah mendengar legenda kamar mandi pirang? Setelah maraton film horor, itu normal untuk mendapat masalah dengannya. Pada saat sesudahnya, mereka mengangukkan kepala mencoba untuk lebih tenang. Tiba-tiba, itu muncul di benak mereka masing-masing, lintasan politik mereka, sisi warga negara mereka, sisi profesional, agama, dan aspek seksual mereka. Mereka merasa senang menjadi perangkat yang tidak sempurna. Mereka yakin bahwa kualitas dan cacat menambah kepribadian mereka.

Selanjutnya, mereka mengunci diri di kamar mandi.

SAUDARA MESUM

Dengan membuka pancuran, mereka membiarkan air panas mengalir melalui tubuh yang berkeringat karena panasnya malam sebelumnya. Cairan berfungsi sebagai katalis menyerap semua hal yang menyedihkan. Itulah tepatnya yang mereka butuhkah sekarang: melupakan rasa sakit, trauma, kekecewaan, kegelisahan mencoba menemukan harapan baru. Tahun ini sangat penting dalam hal itu. Perubahan fantastis dalam setiap aspek kehidupan.

Proses pembersihan dimulai dengan penggunaan spons tanaman, sabun, sampo, selain air. Saat ini, mereka merasakan salah satu kesenangan terbaik yang memaksa Anda untuk mengingat tiket di karang dan petualangan di pantai. Secara intuitif, roh liar mereka meminta lebih banyak petualangan dalam apa yang mereka tinggali untuk dianalisis sesegera mungkin. Situasi yang disukai oleh waktu istirahat dicapai pada pekerjaan keduanya sebagai hadiah dedikasi untuk pelayanan publik.

Selama sekitar 20 menit, mereka mengesampingkan sedikit tujuan mereka untuk menjalani momen reflektif dalam keintiman masing-masing. Di akhir kegiatan ini, mereka keluar dari toilet, menyeka tubuh yang basah dengan handuk, memakai pakaian dan sepatu bersih, memakai parfum Swiss, riasan impor dari Jerman dengan kacamata hitam dan tiara yang benar-benar bagus. Benar-benar siap, mereka pindah ke cangkir dengan dompet mereka di strip dan menyambut diri mereka bahagia dengan reuni sebagai ucapan terima kasih kepada Tuhan yang baik.

Bekerja sama, mereka menyiapkan sarapan iri: krim jagung dalam saus ayam, sayuran, buah, krim kopi, dan kerupuk.

Di bagian yang sama, makanan dibagi. Mereka bergantian mengheningkan cipta dengan pertukaran kata-kata singkat karena mereka sopan. Selesai sarapan, tidak ada jalan keluar di luar apa yang mereka inginkan.

"Apa saranmu, Belinha? Saya bosan!

"Saya punya ide yang cerdas. Ingat orang yang kita temui di festival sastra?

"Saya ingat. Dia adalah seorang penulis, dan namanya adalah Ilahi.

"Saya punya nomornya. Bagaimana kalau kita menghubungi? Saya ingin tahu di mana dia tinggal.

"Saya juga. Ide bagus. Lakukan. Saya akan menyukainya.

"Baiklah!

Belinha membuka dompetnya, mengambil teleponnya, dan mulai menelepon. Dalam beberapa saat, seseorang menjawab kalimat, dan percakapan dimulai.

"Halo.

"Hai, Ilahi. Baiklah?

"Baiklah, Belinha. Bagaimana keadaannya?

"Kami baik-baik saja. Lihat, apakah undangan itu masih aktif? Adikku dan aku ingin mengadakan pertunjukan spesial malam ini.

"Tentu saja, saya lakukan. Anda tidak akan menyesalinya. Di sini kita telah melihat, alam yang melimpah, udara segar di luar perusahaan besar. Saya tersedia hari ini juga.

"Betapa indahnya. Nah, tunggu kami di pintu masuk desa. Dalam 30 menit paling lama kita berada di sana.

"Tidak masalah. Sampai bertemu lagi!

"Sampai jumpa lagi!

Panggilan berakhir. Dengan seringai dicap, Belinha kembali untuk berkomunikasi dengan saudara perempuannya.

"Dia bilang ya. Haruskah kita?

"Ayo. Tunggu apalagi?

Keduanya berparade dari cangkir ke pintu keluar rumah, menutup pintu di belakang mereka dengan kunci. Kemudian mereka pindah ke garasi. Mereka mengendarai mobil keluarga resmi, meninggalkan masalah mereka menunggu kejutan dan emosi baru di tanah terpenting di dunia. Melalui kota, dengan suara keras, menyimpan harapan kecil mereka untuk diri mereka sendiri. Itu sepadan dengan segalanya pada saat itu sampai saya memikirkan kesempatan untuk bahagia selamanya.

Dengan waktu singkat, mereka mengambil sisi kanan jalan raya BR 232. Jadi, itu memulai kursus menuju pencapaian dan kebahagiaan. Dengan kecepatan sedang, mereka dapat menikmati pemandangan pegunungan di tepi lintasan. Meskipun itu adalah lingkungan yang dikenal, setiap bagian di sana lebih dari sekadar hal baru. Itu adalah diri yang ditemukan kembali.

Melewati tempat, pertanian, desa, awan biru, abu dan mawar, udara kering dan suhu panas pergi. Dalam waktu yang diprogram, mereka datang ke pintu masuk pedalaman Brasil yang paling pedesaan. Mimoso para kolonel, paranormal, Konsepsi Tak Bernoda, dan orang-orang dengan kapasitas intelektual tinggi.

Ketika mereka berhenti di pintu masuk distrik, mereka mengharapkan teman baik Anda dengan senyum yang sama seperti biasanya. Pertanda baik bagi mereka yang mencari petualangan. Keluar dari mobil, mereka pergi menemui rekan bangsawan yang menerima mereka dengan pelukan menjadi tiga kali lipat. Instan ini sepertinya tidak berakhir. Mereka sudah diulang, mereka mulai mengubah kesan pertama.

"Bagaimana kabarmu, Ilahi? Tanya Belinha.

"Bagus, apa kabar? Berhubungan dengan paranormal.

"Bagus! (Belinha).

"Lebih baik dari sebelumnya, melengkapi Amelinha.

"Saya punya ide bagus. Bagaimana kalau kita naik gunung Ororubá? Di sanalah tepat delapan tahun yang lalu lintasan saya dalam sastra dimulai.

"Cantik sekali! Ini akan menjadi suatu kehormatan! (Amelinha).

"Untukku juga! Saya suka alam. (Belinha).

"Jadi, ayo kita pergi sekarang. (Aldivan).

Menandatangani untuk mengikuti, teman misterius dari dua saudara perempuan itu maju di jalan-jalan di pusat kota. Turun ke kanan, memasuki tempat pribadi dan berjalan sekitar seratus meter menempatkan mereka di bagian bawah gergaji. Mereka berhenti dengan cepat, sehingga mereka dapat beristirahat dan terhidrasi. Bagaimana rasanya mendaki gunung setelah semua petualangan ini? Perasaan itu adalah kedamaian, mengumpulkan, keraguan dan keraguan. Rasanya seperti ini adalah pertama kalinya dengan semua tantangan yang dikenakan pajak oleh takdir. Tiba-tiba, teman-teman menghadapi penulis hebat itu sambil tersenyum.

"Bagaimana semuanya dimulai? Apa artinya itu bagi Anda? (Belinha).

"Pada tahun 2009, hidup saya berputar dalam monoton.

SAUDARA MESUM

Apa yang membuat saya tetap hidup adalah keinginan untuk mewujudkan apa yang saya rasakan di dunia. Saat itulah saya mendengar tentang gunung ini dan kekuatan guanya yang indah. Tidak ada jalan keluar, saya memutuskan untuk mengambil kesempatan atas nama impian saya. Saya mengemasi tas saya, mendaki gunung, melakukan tiga tantangan yang saya terakreditasi memasuki gua keputusasaan, gua paling mematikan dan berbahaya di dunia. Di dalamnya, saya telah mengalahkan tantangan besar dengan berakhir untuk sampai ke kamar. Pada saat ekstasi itulah keajaiban terjadi, saya menjadi paranormal, makhluk mahatahu melalui penglihatannya. Sejauh ini, sudah ada dua puluh petualangan lagi dan saya tidak akan berhenti begitu cepat. Terima kasih kepada pembaca, secara bertahap, saya mencapai tujuan saya untuk menaklukkan dunia .

"Menyenangkan. Saya penggemar Anda. (Amelinha).

"Menyentuh. Saya tahu bagaimana perasaan Anda tentang melakukan tugas ini lagi. (Belinha).

"Luar biasa. Saya merasakan campuran hal-hal baik termasuk kesuksesan, iman, cakar, dan optimisme. Itu memberi saya energi yang baik, kata paranormal itu.

"Bagus. Saran apa yang Anda berikan kepada kami?

"Mari kita tetap fokus. Apakah Anda siap untuk mencari tahu lebih baik untuk diri Anda sendiri? (sang master).

"Iya. Mereka setuju untuk keduanya.

"Kalau begitu ikuti aku.

Ketiganya telah melanjutkan usaha. Matahari menghangat, angin bertiup sedikit lebih kuat, burung-burung terbang dan bernyanyi, batu-batu dan duri-duri tampak bergerak, tanah bergetar dan suara-suara gunung mulai bertindak. Ini adalah lingkungan yang hadir saat memanjat gergaji.

Dengan banyak pengalaman, pria di gua membantu wanita sepanjang waktu. Bertindak seperti ini, ia menempatkan kebajikan praktis yang penting sebagai solidaritas dan kerja sama. Sebagai imbalannya, mereka meminjamkannya panas manusia dan dedikasi yang tidak merata. Kita bisa mengatakan itu adalah trio yang tidak dapat diatasi, tak terbendung, dan kompeten.

Sedikit demi sedikit, mereka naik selangkah demi selangkah menuju kebahagiaan. Meskipun pencapaian yang cukup besar, mereka tetap tak kenal lelah dalam pencarian mereka. Dalam sekuel, mereka memperlambat laju berjalan sedikit, tetapi tetap stabil. Seperti kata pepatah, perlahan pergi jauh. Kepastian ini menyertai mereka sepanjang waktu menciptakan spektrum spiritual pasien, kehati-hatian, toleransi dan mengatasi. Dengan unsur-unsur ini, mereka memiliki iman untuk mengatasi kesulitan apa pun.

Poin berikutnya, batu suci, menyimpulkan sepertiga dari kursus. Ada istirahat sejenak, dan mereka menikmatinya untuk berdoa, berterima kasih, merenungkan dan merencanakan langkah selanjutnya. Dalam ukuran yang tepat, mereka mencari untuk memuaskan harapan mereka, ketakutan mereka, rasa sakit, siksaan, dan kesedihan mereka. Karena memiliki iman, kedamaian yang tak terhapuskah memenuhi hati mereka.

Dengan menyalakan ulang perjalanan, ketidakpastian, keraguan, dan kekuatan pengembalian yang tak terduga untuk bertindak. Meskipun itu mungkin menakutkan mereka,

SAUDARA MESUM

mereka membawa keselamatan berada di hadirat Allah dan tunas kecil dari pedalaman. Tidak ada atau siapa pun yang dapat membahayakan mereka hanya karena Tuhan tidak mengizinkannya. Mereka menyadari perlindungan ini pada setiap momen sulit dalam hidup di mana orang lain meninggalkan mereka begitu saja. Tuhan secara efektif adalah satu-satunya teman setia kita.

Selanjutnya, mereka setengah jalan. Pendakian tetap dilakukan dengan lebih banyak dedikasi dan nada. Bertentangan dengan apa yang biasanya terjadi dengan pendaki biasa, ritme membantu motivasi, kemauan, dan pengiriman. Meskipun mereka bukan atlet, itu luar biasa dari kinerja mereka untuk menjadi muda yang sehat dan berkomitmen.

Setelah menyelesaikan tiga perempat rute, harapan datang ke tingkat yang tak tertahankan. Berapa lama mereka harus menunggu? Pada saat tekanan ini, hal terbaik yang harus dilakukan adalah mencoba mengendalikan momentum rasa ingin tahu. Semua hati-hati sekarang karena tindakan kekuatan lawan.

Dengan sedikit lebih banyak waktu, mereka akhirnya menyelesaikan rute. Matahari bersinar lebih terang, cahaya Tuhan menerangi mereka dan keluar dari jalan setapak, penjaga, dan putranya Renato. Semuanya benar-benar terlahir kembali di hati anak-anak kecil yang cantik itu. Mereka pantas menerima anugerah itu karena telah bekerja begitu keras. Langkah paranormal selanjutnya adalah berpelukan erat dengan para dermawannya. Rekan-rekannya mengikutinya dan membuat pelukan kembar lima.

"Senang bertemu denganmu, anak Allah! Aku sudah lama

tidak melihatmu! Naluri keibuan saya memperingatkan saya tentang pendekatan Anda, kata wanita leluhur itu.

"Saya senang! Ini seperti saya ingat petualangan pertama saya. Ada begitu banyak emosi. Gunung, tantangan, gua, dan perjalanan waktu telah menandai kisah saya. Kembali ke sini memberi saya kenangan indah. Sekarang, saya membawa serta dua prajurit yang ramah. Mereka membutuhkan pertemuan ini dengan yang sakral.

"Siapa namamu, nona-nona? Tanya penjaga Gunung.

"Nama saya Belinha, dan saya seorang auditor.

"Nama saya Amelinha, dan saya seorang guru. Kami tinggal di Arcoverde.

"Selamat datang, nona-nona. (Penjaga Gunung.).

"Kami berterima kasih! Kata bersamaan dengan dua pengunjung dengan air mata mengalir di mata mereka.

"Saya suka persahabatan baru juga. Berada di samping tuanku lagi memberiku kesenangan khusus dari mereka yang tak terkatakan. Satu-satunya orang yang tahu bagaimana memahami itu adalah kami berdua. Bukankah itu benar, partner? (Renato).

"Kamu tidak pernah berubah, Renato! Kata-katamu tak ternilai harganya. Dengan semua kegilaan saya, menemukan dia adalah salah satu hal baik dari takdir saya.

Teman saya dan saudara laki-laki saya menjawab paranormal tanpa menghitung kata-katanya. Mereka keluar secara alami untuk perasaan sebenarnya yang memberi makan baginya.

"Kami berkorespondensi dalam ukuran yang sama. Itulah sebabnya kisah kami sukses, kata pemuda itu.

"Betapa menyenangkannya berada dalam cerita ini. Saya tidak tahu betapa istimewanya gunung itu dalam lintasannya, penulis yang budiman, kata Amelinha.

"Dia benar-benar mengagumkan, saudari. Selain itu, teman-teman Anda benar-benar baik. Kita hidup dalam fiksi nyata dan itu adalah hal yang paling indah yang ada. (Belinha).

"Kami menghargai pujian itu. Namun, Anda harus lelah dengan upaya yang dilakukan saat mendaki. Bagaimana kalau kita pulang? Kami selalu memiliki sesuatu untuk ditawarkan. (Nyonya).

"Kami telah mengambil kesempatan untuk mengejar percakapan kami. Aku sangat merindukan Renato.

"Menurutku itu bagus. Adapun para wanita, bagaimana menurutmu?

"Aku akan menyukainya. (Belinha).

"Kami akan!

"Kalau begitu ayo kita pergi! Telah menyelesaikan master.

Kuintet mulai berjalan dalam urutan yang diberikan oleh sosok fantastis itu. Segera, pukulan dingin menembus kerangka kelas yang lelah. Siapa wanita itu dan kekuatan apa yang dia miliki? Meskipun begitu banyak momen bersama, misteri itu tetap terkunci sebagai pintu ke tujuh kunci. Mereka tidak akan pernah tahu karena itu adalah bagian dari rahasia gunung. Bersamaan dengan itu, hati mereka tetap dalam kabut. Mereka kelelahan karena menyumbangkan cinta dan tidak menerima, memaafkan, dan mengecewakan lagi. Bagaimanapun, entah mereka terbiasa dengan realitas kehidupan atau mereka akan sangat menderita. Oleh karena itu, mereka membutuhkan beberapa saran.

Selangkah demi selangkah, mereka akan mengatasi rintangan. Seketika, mereka mendengar jeritan yang mengganggu. Dengan satu pandangan, bos menenangkan mereka. Itulah arti hierarki, sementara yang terkuat dan paling berpengalaman dilindungi, para pelayan kembali dengan dedikasi, penyembahan, dan persahabatan. Itu adalah jalan dua arah.

Sayangnya, mereka akan mengatur perjalanan dengan besar dan lembut. Ide apa yang terlintas di kepala Belinha? Mereka berada di tengah-tengah semak-semak yang dihancurkan oleh binatang jahat yang bisa menyakiti mereka. Selain itu, ada duri dan batu runcing di kaki mereka. Karena setiap situasi memiliki sudut pandangnya, berada di sana adalah satu-satunya kesempatan untuk memahami diri sendiri dan keinginan Anda, sesuatu yang defisit dalam kehidupan pengunjung. Segera, itu sepadan dengan petualangannya.

Setengah jalan berikutnya, mereka akan berhenti. Tepat di dekat sana, ada kebun buah. Mereka menuju surga. Mengacu pada kisah Alkitab, mereka merasa benar-benar bebas dan terintegrasi dengan alam. Seperti anak-anak, mereka bermain memanjat pohon, mereka mengambil buah-buahan, mereka turun dan memakannya. Kemudian mereka bermeditasi. Mereka belajar segera setelah kehidupan dibuat oleh momen. Apakah mereka sedih atau bahagia, adalah baik untuk menikmatinya saat kita masih hidup.

Pada saat sesudahnya, mereka mandi menyegarkan di danau yang terpasang. Fakta ini provokasi kenangan indah sekali, dari pengalaman paling luar biasa dalam hidup mereka. Betapa menyenangkannya menjadi seorang anak! Betapa sulitnya tumbuh dan menghadapi kehidupan dewasa. Hiduplah dengan moralitas yang salah, kebohongan dan moralitas palsu orang.

Selanjutnya, mereka mendekati takdir. Di sebelah kanan jalan setapak, Anda sudah bisa melihat gubuk sederhana. Itu adalah tempat perlindungan orang-orang yang paling indah dan misterius di gunung. Mereka luar biasa, apa yang membuktikan bahwa nilai seseorang tidak pada apa yang dimilikinya. Kemuliaan jiwa ada dalam karakter, dalam sikap amal dan konseling. Jadi, kata pepatah: seorang teman di alun-alun lebih baik daripada uang yang disimpan di bank.

Beberapa langkah ke depan, mereka berhenti di depan pintu masuk kabin. Apakah mereka akan mendapatkan jawaban atas pertanyaan batin Anda? Hanya waktu yang bisa menjawab ini dan pertanyaan lainnya. Yang penting tentang ini adalah bahwa mereka ada di sana untuk apa pun yang datang dan pergi.

Mengambil peran nyonya rumah, wali membuka pintu, memberi orang lain akses ke bagian dalam rumah. Mereka memasuki bilik kosong, mengamati semuanya secara luas. Mereka terkesan dengan kelezatan tempat yang diwakili oleh ornamen, benda-benda, furnitur, dan iklim misteri. Kontradiktif, ada lebih banyak kekayaan dan keragaman budaya daripada di banyak istana. Jadi, kita bisa merasa bahagia dan lengkap bahkan di lingkungan yang sederhana.

Satu per satu, Anda akan menetap di lokasi yang tersedia, kecuali Renato pergi ke dapur untuk menyiapkan makan siang. Iklim awal rasa malu rusak.

"Aku ingin mengenalmu lebih baik, gadis-gadis.

"Kami adalah dua gadis dari Arcoverde City. Kami bahagia

secara profesional, tetapi pecundang dalam cinta. Sejak saya dikhianati oleh pasangan lama saya, saya frustrasi, Akui Belinha.

"Saat itulah kami memutuskan untuk membalas pria. Kami membuat perjanjian untuk memikat mereka dan menggunakannya sebagai objek. Kami tidak akan pernah menderita lagi, kata Amelinha.

"Saya memberi mereka semua dukungan saya. Saya bertemu mereka di kerumunan dan sekarang kesempatan mereka telah datang untuk berkunjung ke sini. (Anak Allah)

"Menarik. Ini adalah reaksi alami terhadap penderitaan kekecewaan. Namun, itu bukan cara terbaik untuk diikuti. Menilai seluruh spesies dengan sikap seseorang adalah kesalahan yang jelas. Masing-masing memiliki individualitasnya. Wajah Anda yang suci dan tidak tahu malu ini dapat menghasilkan lebih banyak konflik dan kesenangan. Terserah Anda untuk menemukan titik yang tepat dari cerita ini. Yang bisa saya lakukan adalah mendukung seperti yang dilakukan teman Anda dan menjadi aksesori untuk cerita ini menganalisis roh suci gunung.

"Aku akan mengizinkannya. Saya ingin menemukan diri saya di kuil ini. (Amelinha).

"Aku juga menerima persahabatanmu. Siapa yang tahu saya akan berada di opera sabun yang fantastis? Mitos gua dan gunung tampak begitu sekarang. Bisakah saya membuat permintaan? (Belinha).

"Tentu saja, sayang.

"Entitas gunung dapat mendengar permintaan para

pemimpi yang rendah hati seperti yang telah terjadi pada saya. Milikilah iman! (anak Allah).

"Saya sangat tidak percaya. Tetapi jika Anda berkata demikian, saya akan mencoba. Saya meminta kesimpulan yang sukses untuk kita semua. Biarkan Anda masing-masing menjadi kenyataan di bidang utama kehidupan.

"Aku mengabulkannya! Guntur suara yang dalam di tengah ruangan.

Kedua pelacur telah melompat ke tanah. Sementara itu, yang lain tertawa dan menangis mendengar reaksi keduanya. Fakta itu lebih merupakan tindakan takdir. Benar-benar kejutan. Tidak ada orang yang bisa meramalkan apa yang terjadi di puncak gunung. Karena seorang India yang terkenal telah meninggal di tempat kejadian, sensasi realitas telah meninggalkan ruang untuk hal-hal supranatural, misteri dan yang tidak biasa.

"Apa-apaan guntur itu? Saya gemetar sejauh ini, aku Amelinha.

"Aku mendengar apa yang dikatakan suara itu. Dia mengkonfirmasi keinginanku. Apakah saya sedang bermimpi? Tanya Belinha.

"Keajaiban terjadi! Pada waktunya, Anda akan tahu persis apa artinya mengatakan ini, kata sang master.

"Saya percaya pada gunung, dan Anda harus percaya juga. Melalui mukjizatnya, saya tetap di sini yakin dan aman dari keputusan saya. Jika kita gagal sekali, kita bisa memulai dari awal. Selalu ada harapan bagi mereka yang masih hidup - yakin dukun paranormal menunjukkan sinyal di atap.

"Sebuah cahaya. Apa maksudnya? (Belinha).

"Sangat indah dan cerah. (Amelinha).

"Ini adalah cahaya persahabatan abadi kita. Meskipun dia menghilang secara fisik, dia akan tetap utuh di hati kita. (Penjaga

"Kita semua ringan, meskipun dengan cara yang berbeda. Takdir kita adalah kebahagiaan. (Paranormal).

Di situlah Renato masuk dan membuat proposisi.

"Sudah waktunya kita keluar dan menemukan beberapa teman. Waktu untuk bersenang-senang telah tiba.

"Saya menantikannya. (Belinha)

"Tunggu apa lagi? Sudah waktunya. (JERITAN)

Kuartet keluar di hutan. Langkah langkahnya cepat yang mengungkapkan penderitaan batin para karakter. Lingkungan pedesaan Mimoso berkontribusi pada tontonan alam. Tantangan apa yang akan Anda hadapi? Apakah binatang buas itu berbahaya? Mitos gunung bisa menyerang kapan saja yang cukup berbahaya. Tetapi keberanian adalah kualitas yang dibawa semua orang di sana. Tidak ada yang akan menghentikan kebahagiaan mereka.

Waktunya telah tiba. Di tim aset, ada seorang pria kulit hitam, Renato, dan seorang pria berambut pirang. Di tim pasif adalah Divine, Belinha dan Amelinha. Dengan tim terbentuk, kesenangan dimulai di antara hijau abu-abu dari hutan pedesaan.

Pria kulit hitam itu berkencan dengan Divine. Renato berkencan dengan Amelinha dan pria berambut pirang itu berkencan dengan Belinha. Kelompok seks dimulai pada pertukaran energi antara enam. Mereka semua untuk semua orang untuk satu. Rasa haus akan seks dan kesenangan adalah hal biasa bagi semua orang. Mengubah posisi, masing-masing mengalami sensasi unik. Mereka mencoba seks anal, seks vaginal, seks oral, seks berkelompok di antara modalitas seks lainnya. Itu membuktikan cinta bukanlah dosa. Ini adalah perdagangan energi fundamental untuk evolusi manusia. Tanpa rasa bersalah, mereka dengan cepat bertukar pasangan, yang memberikan banyak orgasme. Ini adalah campuran ekstasi yang melibatkan kelompok. Mereka menghabiskan berjam-jam berhubungan seks sampai mereka lelah.

Setelah semua selesai, mereka kembali ke posisi awal mereka. Masih banyak yang bisa ditemukan di gunung.

Tur di kota Pesqueira

Senin pagi lebih indah dari sebelumnya. Pagi-pagi sekali, teman-teman kita mendapatkan kesenangan merasakan panasnya matahari dan angin sepoi-sepoi berkeliaran di wajah mereka. Kontras-kontras ini menyebabkan dalam aspek fisik yang sama perasaan kebebasan, kepuasan, kepuasan, dan sukacita yang baik. Mereka siap, untuk, menghadapi hari yang baru.

Setelah dipikir-pikir, mereka memusatkan kekuatan mereka yang berpuaka pada pengangkatan mereka. Langkah selanjutnya adalah pergi ke ruang dan melakukannya dengan gelandangan eks trim seolah-olah mereka berasal dari negara bagian Bahia. Bukan untuk menyakiti tetangga kita tercinta, tentu saja. Tanah semua orang kudus adalah tempat spektakuler yang penuh dengan budaya, sejarah, dan tradisi sekuler. Hidup Bahia!

Di kamar mandi, mereka menanggalkan pakaian mereka dengan perasaan aneh bahwa mereka tidak sendirian. Siapa yang pernah mendengar legenda kamar mandi pirang? Setelah maraton film horor, itu normal untuk mendapat masalah dengannya. Pada saat sesudahnya, mereka mengangukkan kepala mencoba untuk lebih tenang. Tiba-tiba, itu muncul di benak mereka masing-masing lintasan politik mereka, sisi warga negara mereka, sisi profesional, agama, dan aspek seksual mereka. Mereka merasa senang menjadi perangkat yang tidak sempurna. Mereka yakin bahwa kualitas dan cacat menambah kepribadian mereka.

Mereka mengunci diri di kamar mandi. Dengan membuka pancuran, mereka membiarkan air panas mengalir melalui tubuh yang berkeringat karena panasnya malam sebelumnya. Cairan berfungsi sebagai katalis menyerap semua hal yang menyedihkan. Itulah yang mereka butuhkah sekarang: lupakan rasa sakit, trauma, kekecewaan, kegelisahan mencoba menemukan harapan baru. Tahun ini sangat penting di dalamnya. Perubahan fantastis dalam setiap aspek kehidupan.

Proses pembersihan dimulai dengan penggunaan penghapus tubuh, sabun, sampo di luar air. Saat ini, mereka merasakan salah satu kesenangan terbaik yang memaksa mereka untuk mengingat celah di karang dan petualangan di pantai. Secara intuitif, roh liar mereka meminta lebih banyak petualangan dalam apa yang mereka tinggali untuk dianalisis sesegera mungkin. Situasi yang disukai oleh waktu istirahat dicapai pada pekerjaan keduanya sebagai hadiah dedikasi untuk pelayanan publik.

Selama sekitar 20 menit, mereka mengesampingkan sedikit

tujuan mereka untuk menjalani momen reflektif dalam keintiman masing-masing. Di akhir kegiatan ini, mereka keluar dari toilet, menyeka tubuh yang basah dengan handuk, memakai pakaian dan sepatu bersih, memakai parfum Swiss, riasan impor dari Jerman dengan kacamata hitam dan tiara yang benar-benar bagus. Benar-benar siap, mereka pindah ke cangkir dengan dompet mereka di strip dan menyambut diri mereka bahagia dengan reuni sebagai ucapan terima kasih kepada Tuhan yang baik.

Bekerja sama mereka menyiapkan sarapan iri, saus ayam, sayuran, buah, kopi-krim, dan kerupuk. Di bagian yang sama, makanan dibagi. Mereka bergantian mengheningkan cipta dengan pertukaran kata-kata singkat karena mereka sopan. Selesai sarapan, tidak ada jalan keluar yang tersisa dari yang mereka inginkan.

"Apa saranmu, Belinha? Saya bosan!

"Saya punya ide yang cerdas. Ingat pria yang kita temukan di keramaian?

"Saya ingat. Dia adalah seorang penulis, dan namanya adalah Ilahi.

"Saya punya nomor teleponnya. Bagaimana kalau kita menghubungi? Saya ingin tahu di mana dia tinggal.

"Saya juga. Ide bagus. Lakukan. Saya ingin sekali.

"Baiklah!

Belinha membuka dompetnya, mengambil teleponnya, dan mulai menelepon. Dalam beberapa saat, seseorang menjawab kalimat, dan percakapan dimulai.

"Halo.

"Hai, Ilahi, apa kabar?

"Baiklah, Belinha. Bagaimana keadaannya?

"Kami baik-baik saja. Lihat, apakah undangan itu masih aktif? Saya dan saudara perempuan saya ingin mengadakan pertunjukan khusus malam ini.

"Tentu saja, saya lakukan. Anda tidak akan menyesalinya. Di sini kita telah melihat, alam yang melimpah, udara segar di luar perusahaan besar. Saya tersedia hari ini juga.

"Luar biasa! Kalau begitu tunggu kami di pintu masuk desa. Dalam 30 menit paling lama kita berada di sana.

"Baiklah! Jadi, sampai saat itu!

"Sampai jumpa lagi!

Panggilan berakhir. Dengan seringai dicap, Belinha kembali untuk berkomunikasi dengan saudara perempuannya.

"Dia bilang ya. Haruskah kita pergi?

"Ayo! Tunggu apalagi?

Keduanya berparade dari cangkir ke pintu keluar rumah, menutup pintu di belakang mereka dengan kunci. Lalu pergi ke garasi. Mengemudikan mobil keluarga resmi, meninggalkan masalah mereka menunggu kejutan dan emosi baru di tanah terpenting di dunia. Melalui kota, dengan suara keras, menyimpan harapan kecil mereka untuk diri mereka sendiri. Itu sepadan dengan segalanya pada saat itu sampai saya memikirkan kesempatan untuk bahagia selamanya.

Dengan waktu singkat, mereka mengambil sisi kanan jalan raya BR 232. Jadi, mulailah kursus menuju pencapaian dan kebahagiaan. Dengan kecepatan sedang, mereka dapat menikmati pemandangan pegunungan di tepi lintasan. Meskipun itu adalah lingkungan yang dikenal, setiap bagian di sana lebih dari sekadar hal baru. Itu adalah diri yang ditemukan kembali.

Melewati tempat, pertanian, desa, awan biru, abu dan mawar, udara kering dan suhu panas pergi. Dalam waktu yang diprogram, mereka datang ke pintu masuk paling pedesaan di pedalaman negara bagian Pernambuco. Mimoso para kolonel, paranormal, Konsepsi Tak Bernoda, dan orang-orang dengan kapasitas intelektual tinggi.

Ketika Anda berhenti di pintu masuk distrik, Anda mengharapkan teman baik Anda dengan senyum yang sama seperti biasanya. Pertanda baik bagi mereka yang mencari petualangan. Keluar dari mobil, pergi menemui kolega bangsawan yang menerima mereka dengan pelukan menjadi tiga kali lipat. Instan ini sepertinya tidak berakhir. Mereka sudah diulang, mereka mulai mengubah kesan pertama.

"Bagaimana kabarmu, Ilahi? (Belinha)

"Nah, bagaimana denganmu? (Paranormal)

"Bagus! (Belinha)

"Lebih baik dari sebelumnya" (Amelinha)

"Aku punya ide bagus, bagaimana kalau kita naik gunung Ororubá? Di sanalah tepat delapan tahun yang lalu lintasan saya dalam sastra dimulai.

"Cantik sekali! Ini akan menjadi suatu kehormatan! (Amelinha)

"Untukku juga! Saya suka alam! (Belinha)

"Jadi, ayo kita pergi sekarang! (Aldivan)

Menandatangani untuk mengikutinya, teman misterius dari dua saudara perempuan itu maju di jalan-jalan pusat kota. Turun ke kanan, memasuki tempat pribadi dan berjalan sekitar seratus meter menempatkan mereka di bagian bawah gergaji. Mereka berhenti dengan cepat untuk beristirahat dan terhidrasi. Bagaimana rasanya mendaki gunung setelah semua petualangan ini? Perasaan itu adalah kedamaian, mengumpulkan, keraguan dan keraguan. Rasanya seperti ini adalah pertama kalinya dengan semua tantangan yang dikenakan pajak oleh takdir. Tiba-tiba, teman-teman menghadapi penulis hebat itu sambil tersenyum.

"Bagaimana semuanya dimulai? Apa artinya itu bagi Anda? (Belinha)

"Pada tahun 2009, hidup saya berputar dalam monoton. Apa yang membuat saya tetap hidup adalah keinginan untuk mewujudkan apa yang saya rasakan di dunia. Saat itulah saya mendengar tentang gunung ini dan kekuatan guanya yang indah. Tidak ada jalan keluar, saya memutuskan untuk mengambil kesempatan atas nama impian saya. Saya mengemasi tas saya, mendaki gunung, melakukan tiga tantangan yang saya percayai memasuki gua keputusasaan, gua paling mematikan dan berbahaya di dunia. Di dalamnya, saya telah mengalahkan tantangan besar dengan berakhir untuk sampai ke kamar. Pada saat ekstasi itulah keajaiban terjadi, saya menjadi paranormal, makhluk mahatahu melalui penglihatannya. Sejauh ini, sudah ada dua puluh petualangan lagi dan saya tidak berniat untuk berhenti begitu cepat. Dengan bantuan para pembaca, sedikit demi sedikit, saya mendapatkan tujuan saya untuk menaklukkan dunia. (anak Allah)

"Menyenangkan! Saya penggemar Anda. (Amelinha)

"Saya tahu bagaimana perasaan Anda tentang melakukan tugas ini lagi. (Belinha)

"Sangat bagus! Saya merasakan campuran hal-hal baik termasuk kesuksesan, iman, cakar, dan optimisme. Itu memberi saya energi yang baik. (Paranormal)

"Bagus! Saran apa yang Anda berikan kepada kami? (Belinha)

"Mari kita tetap fokus. Apakah Anda siap untuk mencari tahu lebih baik untuk diri Anda sendiri? (Sang Guru)

"Iya! Mereka setuju untuk keduanya.

"Kalau begitu ikuti aku!

Ketiganya telah melanjutkan usaha. Matahari menghangat, angin bertiup sedikit lebih kuat, burung-burung terbang dan bernyanyi, batu-batu dan duri-duri tampak bergerak, tanah bergetar dan suara-suara gunung mulai bertindak. Ini adalah lingkungan yang hadir saat memanjat gergaji.

Dengan banyak pengalaman, pria di gua membantu wanita sepanjang waktu. Bertindak seperti ini, ia menempatkan kebajikan praktis yang penting sebagai solidaritas dan kerja sama. Sebagai imbalannya, mereka meminjamkannya panas manusia dan dedikasi yang tak terelakkan. Kita bisa mengatakan itu adalah trio yang tidak dapat diatasi, tak terbendung, dan kompeten.

Sedikit demi sedikit, mereka naik selangkah demi selangkah menuju kebahagiaan. Dengan dedikasi dan ketekunan, mereka menyalip pohon yang lebih tinggi, menyelesaikan seperempat jalan. Meskipun pencapaian yang cukup besar, mereka tetap tak kenal lelah dalam pencarian mereka. Itu karena selamat.

Dalam sekuel, perlambat langkah berjalan sedikit, tetapi tetap stabil. Seperti kata pepatah, perlahan pergi jauh. Kepastian ini menyertai mereka sepanjang waktu menciptakan spektrum spiritual kesabaran, kehati-hatian, toleransi dan mengatasi. Dengan unsur-unsur ini, mereka memiliki iman untuk mengatasi kesulitan apa pun.

Poin berikutnya, batu suci menyimpulkan sepertiga dari kursus. Ada istirahat sejenak, dan mereka menikmatinya untuk berdoa, berterima kasih, merenungkan dan merencanakan langkah selanjutnya. Dalam ukuran yang tepat, mereka mencari untuk memuaskan harapan mereka, ketakutan mereka, rasa sakit, siksaan, dan kesedihan mereka. Karena memiliki iman, kedamaian yang tak terhapuskah memenuhi hati mereka.

Dengan menyalakan ulang perjalanan, ketidakpastian, keraguan, dan kekuatan pengembalian yang tak terduga untuk bertindak. Meskipun itu mungkin menakutkan mereka, mereka membawa keselamatan berada di hadapan tunas kecil di pedalaman. Tidak ada atau siapa pun yang dapat membahayakan mereka hanya karena Tuhan tidak mengizinkannya. Mereka menyadari perlindungan ini pada setiap momen sulit dalam hidup di mana orang lain meninggalkan mereka begitu saja. Tuhan secara efektif adalah satu-satunya teman sejati dan setia kita .

Selanjutnya, mereka setengah jalan. Pendakian tetap dilakukan dengan lebih banyak dedikasi dan nada. Bertentangan dengan apa yang biasanya terjadi dengan pendaki biasa, ritme membantu motivasi, kemauan dan pengiriman. Meskipun mereka bukan atlet, itu luar biasa kinerja mereka untuk menjadi sehat dan berkomitmen muda.

Dari kursus kuartal ketiga, ekspektasi datang ke tingkat yang tak tertahankan. Berapa lama mereka harus menunggu?

Pada saat tekanan ini, hal terbaik yang harus dilakukan adalah mencoba mengendalikan momentum rasa ingin tahu. Semua hati-hati sekarang karena tindakan kekuatan lawan.

Dengan sedikit lebih banyak waktu, mereka akhirnya menyelesaikan kursus. Matahari bersinar lebih terang, cahaya Tuhan menerangi mereka dan keluar dari jalan setapak, penjaga, dan putranya Renato. Semuanya benar-benar terlahir kembali di hati anak-anak kecil yang cantik itu. Mereka telah mendapatkan rahmat ini melalui hukum tanaman-tanaman. Langkah paranormal selanjutnya adalah berpelukan erat dengan para dermawannya. Rekan-rekannya mengikutinya dan membuat pelukan kembar lima.

"Senang bertemu denganmu, putra Tuhan! Lama tidak bertemu! Naluri keibuan saya memperingatkan saya tentang pendekatan Anda, wanita leluhur.

Saya senang! Ini seperti saya ingat petualangan pertama saya. Ada begitu banyak emosi. Gunung, tantangan, gua, dan perjalanan waktu telah menandai kisah saya. Kembali ke sini memberi saya kenangan indah. Sekarang, saya membawa serta dua prajurit yang ramah. Mereka membutuhkan pertemuan ini dengan yang sakral.

"Siapa namamu, nona-nona? (Penjaga)

"Nama saya Belinha dan saya seorang auditor.

"Nama saya Amelinha dan saya seorang guru. Kami tinggal di Arcoverde.

"Selamat datang, nona-nona. (Penjaga)

"Kami berterima kasih! Kata bersamaan dengan dua pengunjung dengan air mata mengalir di mata mereka.

"Saya suka persahabatan baru juga. Berada di samping

tuanku lagi memberiku kesenangan khusus dari mereka yang tak terkatakan. Hanya orang yang tahu bagaimana memahami itu adalah kami berdua. Bukankah itu benar, partner? (Renato)

"Kamu tidak pernah berubah, Renato! Kata-katamu tak ternilai harganya. Dengan semua kegilaan saya, menemukan dia adalah salah satu hal baik dari takdir saya. Teman saya dan saudara laki-laki saya. (Paranormal).

Mereka keluar secara alami untuk perasaan sebenarnya yang memberi makan baginya.

"Kami dicocokkan pada tingkat yang sama. Itu sebabnya kisah kami sukses," kata pemuda itu.

"Senang menjadi bagian dari cerita ini. Saya bahkan tidak tahu betapa istimewanya gunung itu dalam lintasannya, penulis yang terhormat," kata Amelinha.

"Dia benar-benar mengagumkan, saudari. Selain itu, teman-temanmu sangat ramah. Kita hidup dalam fiksi nyata dan itu adalah hal terindah yang ada. (Belinha)

"Kami berterima kasih atas pujiannya. Namun demikian, mereka harus lelah dengan upaya yang dilakukan dalam pendakian. Bagaimana kalau kita pulang? Kami selalu memiliki sesuatu untuk ditawarkan. (Nyonya)

"Kami mengambil kesempatan untuk mengejar percakapan. Aku sangat merindukanmu," aku Renato.

"Tidak apa-apa denganku. Ini bagus untuk para wanita, apa yang mereka katakan kepada saya?

"Aku akan menyukainya! " Belinha menegaskan.

"Ya, ayo pergi," Amelinha setuju.

"Jadi, ayo kita pergi! " Sang master menyimpulkan.

SAUDARA MESUM

Kuintet mulai berjalan sesuai urutan yang diberikan oleh sosok fantastis itu. Saat ini, pukulan dingin menembus kerangka kelas yang lelah. Siapa wanita itu, siapa dia, yang memiliki kekuatan? Meskipun begitu banyak momen bersama, misteri itu tetap terkunci sebagai pintu ke tujuh kunci. Mereka tidak akan pernah tahu karena itu adalah bagian dari rahasia gunung. Bersamaan dengan itu, hati mereka tetap dalam kabut. Mereka kelelahan karena menyumbangkan cinta dan tidak menerima, memaafkan, dan mengecewakan lagi. Bagaimanapun, entah mereka terbiasa dengan realitas kehidupan atau mereka akan sangat menderita. Oleh karena itu, mereka membutuhkan beberapa saran.

Langkah demi langkah, Anda akan mengatasi rintangan. Pada saat itu, mereka mendengar jeritan yang mengganggu. Dengan satu pandangan, bos menenangkan mereka. Itulah arti hierarki, sementara yang terkuat dan lebih berpengalaman dilindungi, para pelayan kembali dengan dedikasi, penyembahan, dan persahabatan. Itu adalah jalan dua arah.

Sayangnya, mereka akan mengatur perjalanan dengan besar dan lembut. Apa ide yang terlintas di kepala Belinha? Mereka berada di tengah-tengah semak-semak yang dihancurkan oleh binatang jahat yang bisa menyakiti mereka. Selain itu, ada duri dan batu runcing di kaki mereka. Karena setiap situasi memiliki sudut pandangnya, berada di sana adalah satu-satunya kesempatan bahwa Anda dapat memahami diri sendiri dan keinginan Anda, sesuatu yang defisit dalam kehidupan pengunjung. Segera, itu sepadan dengan petualangannya.

Setengah jalan berikutnya, mereka akan berhenti. Tepat di dekat sana, ada kebun buah. Mereka menuju surga. Mengacu pada kisah Alkitab, mereka merasa saling melengkapi dan terintegrasi dengan alam. Seperti anak-anak, mereka bermain memanjat pohon, mereka mengambil buah-buahan, mereka turun dan memakannya. Kemudian mereka bermeditasi. Mereka belajar segera setelah kehidupan dibuat oleh momen. Apakah mereka sedih atau bahagia, adalah baik untuk menikmatinya saat kita masih hidup.

Pada saat sesudahnya, mereka mandi menyegarkan di danau yang terpasang. Fakta ini provokasi kenangan indah sekali, dari pengalaman paling luar biasa dalam hidup mereka. Betapa menyenangkannya menjadi seorang anak! Betapa sulitnya tumbuh dan menghadapi kehidupan dewasa. Hiduplah dengan moralitas yang salah, kebohongan dan moralitas palsu orang.

Selanjutnya, mereka mendekati takdir. Di sebelah kanan jalan setapak, Anda sudah bisa melihat gubuk sederhana. Itu adalah tempat perlindungan orang-orang yang paling indah dan misterius di gunung. Mereka luar biasa apa yang membuktikan bahwa nilai seseorang tidak dalam apa yang dimilikinya. Kemuliaan jiwa ada dalam karakter, dalam sikap amal dan konseling. Itulah sebabnya mereka mengatakan pepatah berikut, lebih baik seorang teman di alun-alun bernilai daripada uang yang disimpan di bank.

Beberapa langkah ke depan, mereka berhenti di depan pintu masuk kabin. Apakah mereka mendapatkan jawaban atas pertanyaan batin mereka? Hanya waktu yang bisa menjawab ini dan pertanyaan lainnya. Yang penting tentang ini adalah bahwa mereka ada di sana untuk apa pun yang datang dan pergi.

SAUDARA MESUM

Mengambil peran nyonya rumah, wali membuka pintu yang memberi orang lain akses ke bagian dalam rumah. Mereka memasuki bilik-yang unik dengan menonton semua yang ada di perangkat besar. Mereka terkesan dengan kelezatan tempat yang diwakili oleh ornamen, benda-benda, furnitur, dan iklim misteri. Secara kontradiktif, di tempat itu ada lebih banyak kekayaan dan keragaman budaya daripada di banyak istana. Jadi, kita bisa merasa bahagia dan lengkap bahkan di lingkungan yang sederhana.

Satu per satu kamu akan menetap di lokasi-lokasi yang tersedia, kecuali dapur Renato, menyiapkan makan siang. Iklim awal rasa malu rusak.

"Aku ingin mengenalmu lebih baik, gadis-gadis. (Penjaga)

"Kami adalah dua gadis dari Arcoverde City. Keduanya menetap dalam profesi, tetapi pecundang dalam cinta. Sejak saya dikhianati oleh pasangan lama saya, saya frustrasi, Akui Belinha.

"Saat itulah kami memutuskan untuk membalas pria. Kami membuat perjanjian untuk memikat mereka dan menggunakannya sebagai objek. Kami tidak akan pernah menderita lagi. (Amelinha)

"Saya akan mendukung mereka semua. Saya bertemu mereka di kerumunan dan sekarang mereka datang mengunjungi kami di sini, dan itu memaksa tunas interior.

"Menarik. Ini adalah reaksi alami terhadap kekecewaan yang menderita. Namun, itu bukan cara terbaik untuk diikuti. Menilai seluruh spesies dengan sikap seseorang adalah kesalahan yang jelas. Masing-masing memiliki individualitasnya sendiri. Wajah Anda yang suci dan tidak tahu malu ini dapat menghasilkan lebih banyak konflik dan kesenangan. Terserah Anda untuk menemukan titik yang tepat dari cerita ini. Yang bisa saya lakukan adalah mendukung seperti yang dilakukan teman Anda dan menjadi aksesori untuk cerita ini menganalisis roh suci gunung.

"Aku akan mengizinkannya. Saya ingin menemukan diri saya di kuil ini. (Amelinha)

"Aku juga menerima persahabatanmu. Siapa yang tahu saya akan berada di opera sabun yang fantastis? Mitos gua dan gunung tampak begitu sekarang. Bisakah saya membuat permintaan? (Belinha)

"Tentu saja, sayang.

"Entitas gunung dapat mendengar permintaan para pemimpi yang rendah hati seperti yang telah terjadi pada saya. Milikilah iman! telah memotivasi putra Allah.

"Saya sangat tidak percaya. Tetapi jika Anda berkata demikian, saya akan mencoba. Saya meminta kesimpulan yang sukses untuk kita semua. Biarkan Anda masing-masing menjadi kenyataan di bidang utama kehidupan. (Belinha)

"Aku mengabulkannya! " Guntur suara yang dalam di tengah ruangan".

Kedua pelacur telah melompat ke tanah. Sementara itu, yang lain tertawa dan menangis mendengar reaksi keduanya. Fakta itu lebih merupakan tindakan takdir. Benar-benar kejutan! Tidak ada orang yang bisa meramalkan apa yang terjadi di puncak gunung. Karena seorang India yang terkenal telah meninggal di tempat kejadian, sensasi realitas telah meninggalkan ruang untuk hal-hal supranatural, misteri dan yang tidak biasa.

"Apa-apaan guntur itu? Saya gemetar sejauh ini. (Amelinha)

"Aku mendengar apa yang dikatakan suara itu. Dia mengkonfirmasi keinginanku. Apakah saya sedang bermimpi? (Belinha)

"Keajaiban terjadi! Pada waktunya, Anda akan tahu persis apa artinya mengatakan ini . "Bersenang-senang dengan tuannya".

"Saya percaya pada gunung, dan Anda harus percaya juga. Melalui mukjizatnya, saya tetap di sini yakin dan aman dari keputusan saya. Jika kita gagal sekali, kita bisa memulai dari awal. Selalu ada harapan bagi mereka yang hidup. "Meyakinkan dukun paranormal yang menunjukkan sinyal di atap".

"Sebuah cahaya. Apa maksudnya? sambil menangis, Belinha.

"Dia sangat cantik, cerah, dan berbicara. (Amelinha)

"Ini adalah cahaya persahabatan abadi kita. Meskipun dia menghilang secara fisik, dia akan tetap utuh di hati kita. (Penjaga)

"Kita semua ringan meskipun dengan cara yang berbeda. Takdir kita adalah kebahagiaan – menegaskan psikis.

Di situlah Renato masuk dan membuat proposisi.

"Sudah waktunya kita keluar dan menemukan beberapa teman. Waktu untuk bersenang-senang telah tiba.

"Saya menantikannya. (Belinha)

"Tunggu apa lagi? Sudah waktunya. (Amelinha)

Kuartet keluar di hutan. Langkah langkahnya cepat yang mengungkapkan penderitaan batin para karakter. Lingkungan pedesaan Mimoso berkontribusi pada tontonan alam. Tantangan apa yang akan Anda hadapi? Apakah binatang buas itu berbahaya? Mitos gunung bisa menyerang kapan saja yang cukup berbahaya. Tetapi keberanian adalah kualitas yang dibawa semua orang di sana. Tidak ada yang akan menghentikan kebahagiaan mereka.

Waktunya telah tiba. Di tim aset, ada seorang pria kulit hitam, Renato, dan seorang pria berambut pirang. Di tim pasif adalah Divine, Belinha dan Amelia. Tim dibentuk; Kegembiraan dimulai di antara hijau abu-abu dari hutan pedesaan.

Pria kulit hitam berkencan dengan Divine. Renato berkencan dengan Amelia dan si pirang berkencan dengan Belinha. Kelompok seks dimulai pada pertukaran energi antara enam. Mereka semua untuk semua orang untuk satu. Rasa haus akan seks dan kesenangan adalah hal biasa bagi semua orang. Memvariasikan posisi, masing-masing mengalami sensasi unik. Mereka mencoba seks anal, seks vaginal, seks oral, seks berkelompok di antara modalitas seks lainnya. Itu membuktikan cinta bukanlah dosa. Ini adalah perdagangan energi fundamental untuk evolusi manusia. Tanpa perasaan bersalah, mereka dengan cepat bertukar pasangan, yang memberikan banyak orgasme. Ini adalah campuran ekstasi yang melibatkan kelompok. Mereka menghabiskan berjam-jam berhubungan seks sampai mereka lelah.

Setelah semua selesai, mereka kembali ke posisi awal mereka. Masih banyak yang bisa ditemukan di gunung.

Akhir

www.ingramcontent.com/pod-product-compliance
Lightning Source LLC
LaVergne TN
LVHW020433080526
838202LV00055B/5164